Vittoriano Borrelli

IL FUTURO IMPERFETTO

ROMANZO

Prefazione

C'è il futuro semplice e il futuro anteriore, esiste anche il futuro imperfetto? Per Edoardo, detto "Edo", sembra proprio di sì.

Radiologo di una delle cliniche più importanti di Milano, Edo è un uomo straordinariamente bello che si serve di questa qualità esteriore per superare qualsiasi difficoltà nella vita. Una bellezza che gli dà una forza invincibile, come il Sansone della Bibbia, o malefica e deviante come il Dorian Gray nel suo celebre ritratto.

Dopo l'esperienza nel collegio di Rosental, in Basilea, durante la quale subisce l'influenza dominante del professor Schoengen, uomo enigmatico con un passato doloroso, Edo si afferma brillantemente nella sua carriera di medico diventando uno dei radiologi più in vista della città meneghina. Lo fa a discapito di tutti usando le armi di una seduzione fisica e psicologica che lo porterà a primeggiare in ogni ambito. Ma qualcosa si frappone nel suo cammino, un evento imprevisto che lo coglierà impreparato e gli farà toccare con mano tutte le sue fragilità e imperfezioni.

Romanzo fedele all'esistenzialismo, tema caro all'autore, *"Il futuro imperfetto"* si colloca fra le opere che mirano ad analizzare l'agire umano in certi contesti, con l'obiettivo di dimostrare che l'imperfezione sta proprio nelle azioni dell'Uomo più che nella Natura, di per sé perfetta e incontaminata.

Un viaggio introspettivo al quale tutti possono partecipare, lettori e personaggi della storia, come quando ci si ritrova in un treno immaginario aspettando che alla fine di un certo percorso la prossima fermata sia la migliore.

L'AUTORE

Nato a Portici, in provincia di Napoli, Vittoriano Borrelli è un appassionato della musica e della letteratura e in particolare di Alberto Moravia del quale ha letto tutte le opere.

Nel 2012 pubblica *"La prossima vita"*, romanzo sull'esistenzialismo post moderno e *"Le parole del mio tempo"*, una raccolta dei testi delle canzoni da lui scritte.

Nel 2013 ha collaborato insieme ad altri 15 poeti provenienti da varie regioni italiane, alla stesura del libro *"Poeti in costruzione"* a cura dell'Associazione culturale *"I Leoni di Ferro"*. I proventi del libro sono stati devoluti interamente alla ricostruzione della *"Città della Scienza"* di Napoli, colpita nel marzo 2013 da un incendio doloso che ha distrutto parte della struttura.

Nel 2014 bissa la sua esperienza di cantautore pubblicando *"L'aquila non ritorna"* e l'anno dopo *"Spunti dal mio lavoro"*, un saggio sulla sua attività di segretario comunale.

Nel 2020 pubblica *"Letture ai tempi del coronavirus"* una raccolta di racconti brevi.

Ha collaborato con il quotidiano on line *"Il Quorum"* scrivendo alcuni articoli sui temi dell'attualità e della cultura.

Ha un blog culturale che porta lo stesso titolo del suo libro di canzoni *"Le parole del mio tempo"*.

INDICE

PARTE I
Rosental

PARTE II
Il giardino delle donne

"La vita morale dell'uomo è il materiale dell'artista, ma la moralità dell'arte consiste nell'uso perfetto di uno strumento imperfetto."
(Oscar Wilde)

PARTE I

Rosental

I

La mia bellezza

Sono un uomo bello e la mia storia comincia così. Per un certo numero di anni ho vissuto nella consapevolezza di questa mia qualità esteriore che ad onor del vero mi ha procurato più problemi che vantaggi.

Ora si dirà che l'essere belli è una dote che dovrebbe favorire qualsiasi conquista o, come si dice, spianare la strada per raggiungere le mete più ambite.

Ed in effetti per un certo tempo ho creduto che fosse proprio così.

Non solo mi vantavo della mia bellezza, ma ero convinto di essere assolutamente perfetto. In altre parole, Dio fatto a Sua immagine e somiglianza.

Si dice che gli occhi sono lo specchio dell'anima, ma per me è stato, sia pure fino ad un certo punto, esattamente il contrario: le mie qualità interiori erano tali perché si specchiavano nella perfezione del mio aspetto fisico, una sorta di simbiosi e di assoluta comunanza dello spirito con la materia.

Puntualmente quando mi guardavo allo specchio e ricevevo conferma di quanto fossi bello e desiderabile, il mio stato d'animo si rinvigoriva al punto da annullare, quasi sul nascere, qualsiasi incertezza o turbamento.

Mettiamo che avessi avuto una discussione con un collega di lavoro (sono un radiologo di una delle più importanti cliniche di Milano), la rabbia che solo per un attimo avevo provato svaniva come d'incanto non appena mi specchiavo e notavo che, come il più imperterrito dei vanitosi, il mio aspetto era sempre attraente e "incontaminato".

Mi dicevo "Io sono bello e nessuno potrà mai farmi del male!".

A differenza della strega della favola di *Biancaneve*, non avevo bisogno dello specchio per sapere se fossi il più bello del "reame", ma mi servivo di questo oggetto per constatare l'esistenza della mia bellezza senza riserve o confronto alcuno.

Così solevo rimirare ogni profilo del mio viso: fronte alta e decisa, occhi neri e profondi, bocca carnosa e perfetta, naso regolare e all'insù, capelli scuri e ondulati. E andando più giù con lo sguardo: la mia corporatura robusta e atletica nonostante non praticassi sport alcuno e fossi pigro e refrattario a qualsiasi esercizio ginnico.

Insomma il ritratto che offrivo di me era di una persona molto gradevole e giovanile, senza alcun segno premonitore dell'avanzare del tempo, nonostante avessi ormai superato abbondantemente i trent'anni.

La consapevolezza di essere bello l'ho acquisita fin dai tempi in cui, ragazzino quindicenne, venni rinchiuso, per volere dei miei genitori, in un collegio di Basilea per proseguire gli studi scientifici e diventare, secondo i loro desideri, un luminare nel campo della medicina.

Di mio padre ricordo solo queste sei parole: "Vedrai che qui ti troverai bene." pronunciate con una pacca sulla spalla al mio ingresso nel collegio.
Da allora non lo rividi più. Morì un mese dopo, colpito da infarto nel bel mezzo di una trattativa di lavoro con un tizio dell'alta finanza.
Il collegio si trovava a Rosental, quartiere di Basilea, era una costruzione di tipo medioevale arroccata sopra un'altura con vista sul Reno. La mia stanza, che somigliava molto alla cella di un convento per il suo arredamento sobrio e incolore, appena una scrivania, un armadio e un letto a castello che condividevo con il mio compagno Rudolf, si affacciava su quel fiume nel quale si perdeva, sovente, il mio sguardo e la mia immaginazione nei tanti pomeriggi noiosi e interminabili.

Ma non ero un ragazzo infelice, mi bastavo così. Diciamo che in quel periodo della mia vita avevo accettato passivamente, ma di buon grado, la decisione dei miei di proseguire gli studi in una scuola privata, come il collegio di Rosental, che a detta di mia madre offriva "la migliore istruzione che si potesse ottenere". Insomma, ero in una fase della mia vita in cui credevo che tutto quanto mi veniva imposto fosse giusto e indiscutibile.

Rudolf, il mio compagno di stanza, era invece completamente diverso da me. Innanzitutto nell'aspetto: più basso di me di una spanna, occhi minuscoli e infossati, viso sfilato e perennemente crucciato, bocca sottile con una cicatrice al labbro superiore in parte coperta dal naso lungo e pronunciato. Era di una magrezza scheletrica: le ossa spuntavano fuori da tutte le parti del corpo come la lastra di una radiografia ben visibile ad occhio nudo.

Questo aspetto sottile e smunto era però controbilanciato da una forza che la natura, a mo' di compensazione, gli aveva ben fornito al punto da guadagnarsi i favori e il rispetto dei compagni del collegio che, per tali fattezze, lo avevano soprannominato il "piccolo maciste di Rosental".

Era capace di sollevare pile di libri, spostare da solo cattedre, armadi e altri oggetti pesanti senza sforzo alcuno.

Nelle ore di ricreazione si discuteva, talvolta, della forza di Rudolf. I compagni raccontavano le sue gesta come se fossero state compiute da un eroe.

"Avete visto cosa ha fatto Rudolf l'altro giorno?", diceva Roby, soprannominato "pendolino" per il suo modo di camminare dondolandosi sulle gambe. "La cuoca Giuseppina doveva pulire il frigorifero e lui l'ha spostato da solo in un batter d'occhio!"

"Questo è niente." ribatteva Fabrizio, il "saggio" del gruppo, "Io l'ho visto trasportare la legna dalla cascina che quasi non gli si vedeva la faccia. Doveva pesare almeno un quintale".

Erano racconti, forse esagerati, di cui i compagni si servivano per attestare la leadership del loro eroe, come spesso succede quando si sta in gruppo e si ha bisogno di una persona guida che lo rappresenti.

Con Rudolf è stato odio a prima vista. Quando Suor Costanza, superiora e direttrice del collegio me lo presentò, era seduto sul tavolo della scrivania con lo sguardo rivolto alla finestra.

"Rudolf, questo è Edo, il tuo nuovo compagno di stanza".

In quei dieci secondi o poco più in cui i nostri occhi si incrociarono le sensazioni più sgradite si mescolarono dentro di me: dall'antipatia, empatica ed istintiva, all'avversione, anch'essa illogica e irrazionale, scattata come una molla respingente.

A Rudolf doveva essere accaduta la stessa cosa, visto che appena Suor Costanza uscì dalla stanza si avvicinò a me esordendo in tono canzonatorio:
"E così tu sei Edo. Che razza di nome è?"
"E' il diminutivo di Edoardo."
"Guarda… guarda…" commentò girandomi intorno come un ispettore di polizia.
"E da dove vieni?"
"Da Milano. Ma sono nato a Napoli."
"Napoli? Allora sei un terrone."
Non caddi nella provocazione e abbozzai un sorriso di scherno. Rudolf invece mi afferrò per il maglione apostrofandomi:
"Pirla, che hai da ridere? Adesso ti faccio vedere chi comanda qui".
A quel punto accadde qualcosa di inaspettato. Letteralmente terrorizzato dal fare minaccioso di Rudolf, gettai lo sguardo verso lo specchietto ovale appoggiato sulla scrivania in cui la mia immagine riflessa prese a riempirsi di una luce forte ed intensa. Rudolf si girò verso lo specchio restando abbagliato da quella improvvisa folgorazione; allentò subito la presa e si allontanò da me.
Adesso era visibilmente scosso ma cercò di nascondere questo turbamento con una fragorosa risata.
"Ah!Ah!Ah! Hai avuto paura vero?"

Non risposi neanche stavolta. Sistemai il maglione sgualcito dalle grinfie del mio focoso compagno, presi la valigia e la posai sul letto. Il tutto con calma assoluta.

Rudolf aggiunse:

"Non ti preoccupare, non ti farò niente. Ma sappi che in questo collegio comando io".

Notai come Rudolf ci tenesse a dimostrare, prima coi gesti e poi con le parole, di essere il leader indiscusso della compagnia, un bisogno che sembrava diretta conseguenza di come si presentasse da *fuori*.

Il suo aspetto mingherlino e insignificante sconfessava la sua volontà di imporsi su tutti e contro tutti, a dispetto di madre natura che con lui era stata così poco benevola e indulgente.

Io, al contrario, non avevo avuto bisogno di mezzi termini per presentarmi: il mio aspetto fisico, allora ancora più bello e prorompente, parlava per me con forza e perentorietà. Lo stesso Rudolf quando si girò e vide la mia immagine riflessa allo specchio simile ad un angelo, dovette ammetterlo in cuor suo lasciando la presa e limitandosi a ribadire con le parole quello che non era riuscito a comunicare con i gesti.

Fu allora che saggiai per la prima volta la forza della mia bellezza.

Potrà sembrare strano, ma la consapevolezza di avere un aspetto piacevole è stata per me come un viatico per raggiungere qualsiasi traguardo, arrivare primo in tutte le tappe della vita pur non disdegnando l'impegno e la volontà, attributi che nel mio caso sono stati l'effetto piuttosto che la causa dei miei successi.

Faccio un esempio per esprimere meglio il concetto. Ricordate Sansone, personaggio biblico dell'Antico Testamento?

Sansone era un eroe del popolo ebraico che grazie ai suoi lunghi capelli, ovvero ad un particolare fisico, era dotato di una forza invincibile che lo rese Giudice d'Israele governando il suo popolo per oltre vent'anni. Come Sansone la mia bellezza, al pari della sua capigliatura, ha avuto su di me l'effetto di superare, quasi senza difficoltà alcuna, le prove che di volta in volta mi si presentavano. Insomma, una forza esteriore che era capace di agire al mio interno facendo emergere tutte quelle qualità che sono necessarie per conseguire i migliori risultati: volontà, impegno, costanza e perseveranza.

Si dirà che i miei successi non sono altro che il frutto della mia bravura e capacità. E in parte è vero. Penso però che la mia bella presenza sia stata un ottimo biglietto da visita e mi abbia enormemente facilitato rispetto, ad esempio, ad una persona brutta che per emergere è costretta a far leva su altre qualità.

Posso affermare senza ombra di dubbio che la mia bellezza, almeno per un buon numero di anni, sia stata per me quel *quid* che mi ha permesso di essere così come apparivo, un connubio indissolubile in cui entrambi gli aspetti hanno interagito a lungo tra loro tracciando e condizionando il corso degli eventi.

II

Il primo della classe

In quegli anni al collegio non impiegai molto a diventare il primo della classe e ad attirare le simpatie e i consensi dei professori. Primo fra tutti il professor Schoengen, insegnante di letteratura, grande e grosso come un armadio, ma dotato di un modo di esprimersi fine e delicato.

A dispetto del suo aspetto imponente simile ad un colonnello dell'esercito, Schoengen entrava in catarsi quando spiegava le lezioni, tanto che a volte pensavamo che non si rivolgesse a noi, svogliati uditori, ma ad un pubblico immaginario più maturo e degno delle sue orazioni.

Solo con me Schoengen riusciva ad entusiasmarsi, forse perché ero l'unico che rispondeva in modo appropriato alle sue domande.

Ben presto divenni l'argomento preferito dei miei compagni.

Non più le gesta di Rudolf occupavano le chiacchierate durante la refezione, ma la mia preparazione scolastica che emergeva con sottolineature del tipo "Oggi Edo è stato straordinario. Ha saputo commentare così bene la cantica di Dante su *Farinata degli Uberti* che Schoengen è rimasto letteralmente stupito". E ancora: "Edo sei davvero un fenomeno. Come sei riuscito a risolvere l'esercizio di matematica di oggi? Tanti di noi hanno consegnato il compito in bianco".

Rudolf, ovviamente, non era per niente entusiasta di questi commenti, ma era comprensibile. In pochissimo tempo ero riuscito a rubargli la leadership, i compagni facevano a gara per avere da me consigli o suggerimenti sulle materie di studio. Insomma ero diventato il più "ricercato" del collegio e questo, per Rudolf, fu un duro colpo.

Non potendo competere con me sul piano della bellezza e della cultura, il mio compagno cominciò a prendermi di mira con sfottò e scherzi che, per sua sfortuna, non sortivano effetto alcuno.

Sarà stato il caso ma i suoi tentativi di mettermi in ridicolo fallivano in maniera anche comica. Come quella volta in cui, pensando di non essere visto, versò il contenuto di una sostanza purgante nella mia minestra. Ma non aveva fatto i conti con la mia mania di guardarmi allo specchio che in quella occasione fu quanto mai opportuna.

Eravamo in mensa, l'uno di fianco all'altro ad aspettare con i vassoi in mano che la cuoca Giuseppina ci distribuisse il piatto del giorno che era, appunto, minestra di fagioli. Ad un tratto mi accorgo di aver dimenticato il pane, dico a Rudolf di badare al mio vassoio e mi reco all'apposito reparto per prendere un panino.   Nel girarmi per tornare dalla Giuseppina guardo lo specchio che sovrasta il bancone della cuoca per dare una controllatina al mio aspetto.   Bello come sempre, vado con lo sguardo più in giù e scorgo Rudolf che in quel momento tira dalla tasca una fialetta versando il liquido nel mio piatto di minestra. Torno da Rudolf, faccio finta di niente e gli dico:

"Sempre minestra di fagioli, che pizza! Credo che mangerò solo il secondo."

"Perché?", ribatte Rudolf, "E' così buona. E poi Giuseppina si arrabbia se non la mangi, vero Giuseppina?"

"Sicuro." fa quest'ultima con le mani ai fianchi fingendo di corrucciarsi:

"Edo, non ti piace la mia cucina?"

"Lo sai che sei sempre la numero uno. Però quelle polpette" e indico con gli occhi il contenitore di carne alla destra della cuoca, "hanno un profumino! Non le mangerei di gusto dopo la minestra". Così dicendo le faccio l'occhiolino con un sorriso malizioso.

Giuseppina si fa tutta rossa ed esclama:

"E va bene! Su, su. Dammi il piatto di minestra che ti do queste belle polpette. Con quegli occhi dolci come posso dirti di no?"

La faccia di Rudolf si fece viola per la rabbia. Prese il vassoio e senza aggiungere altro si allontanò in fretta borbottando.

Il mio *amico* ci riprovò poco più tardi con un'altra burla.

Questa volta aveva appeso un palloncino pieno d'acqua con un filo di cotone sopra la porta della nostra stanza. L'intento era quello di farmelo rovesciare addosso non appena fossi entrato. Uno scherzo ben architettato che sarebbe andato in porto se non fosse accaduto un imprevisto. Rientrando nella nostra stanza, io davanti e Rudolf poco più indietro insolitamente fischiettante, venimmo fermati da Suor Costanza sbucata da un angolo del corridoio. Era visibilmente contrariata:
"Stavo cercando proprio te, Rudolf. Dove sono finiti i cento franchi che erano sulla mia scrivania? Dovevano servire per pagare il fornitore della mensa ma non li ho più trovati."
"E lo domandate a me suora? Cosa c'entro io?"
"C'entri, eccome! Devo ricordarti come è sparito il portacipria della professoressa Berger?"
"Quello? E' stato tanto tempo fa. E poi era caduto nel mio zaino senza che me ne accorgessi."
"Che combinazione! A chi vuoi darla a bere?"

"Ma suora, cosa c'entro io stavolta? Perché non lo chiedete a Edo?"
Suor Costanza mi offrì un sorriso rassicurante.
"Lui? Con quella faccia d'angelo? Impossibile. Adesso facciamo una bella perlustrazione nella vostra stanza."
La Superiora avanzò spedita senza permettere a Rudolf di replicare. Arrivò alla porta della nostra camera, l'aprì e il palloncino pieno d'acqua, destinato a me, cadde sulla testa della poveretta bagnandola dalla cima ai piedi.

Risultato fu, secondo le regole del collegio, l'isolamento di Rudolf per due giorni in quella che noi chiamavamo *la cella della punizione*.

Questo episodio, apparentemente frivolo e insignificante, segnò in maniera definitiva la mia assoluta predominanza su Rudolf in virtù di una forza, che allora attribuivo alla mia bellezza, ben visibile e prorompente, contro cui il mio compagno non era in grado di competere. Del resto le stesse parole di Suor Costanza 'con quella faccia d'angelo', pronunciate per scagionarmi, prima ancora di qualsiasi verifica, dal tentativo di Rudolf di farmi passare per l'autore del furto dei cento franchi, fu per me una conferma ulteriore di come una bella apparenza potesse bastare per uscire indenne anche da un'accusa così grave.

Infatti i cento franchi li avevo rubati io approfittando di un momento in cui Suor Costanza era uscita dal suo studio. Non furono mai trovati perché li avevo ben nascosti con il nastro adesivo sotto il coperchio dello sciacquone del bagno.

Avrei dovuto ammettere la mia responsabilità per non far passare al mio compagno due giorni di ingiusto isolamento, ma allora ero come "accecato" dalla mia convinzione sulla forza dell'apparire per la quale l'episodio appena narrato mi era servito a mo' di verifica.

Insomma mi ero comportato come quegli scienziati intenti a sperimentare le loro teorie per godersi i risultati attesi.

E proprio come uno scienziato decisi di saggiare la forza della bellezza sulla cultura. Qui non avevo davanti una persona con cui confrontarmi, ma un insieme di nozioni che costituiscono il sapere.

In quei giorni stavamo studiando il pessimismo di Leopardi commentando una delle sue opere più belle: "*L'Infinito*".
Questa poesia è una delle liriche dei *Canti* pubblicata nel 1826. Il messaggio, fortemente intimistico e ideologico, è quello di voler superare le inquietudini e i limiti del mondo, a dispetto degli ostacoli del paesaggio (*la siepe che impedisce la vista dell'orizzonte*) e della Natura (*l'improvviso stormire del vento tra le*

24

fronde) per immergersi nell'infinito dell'universo e fondersi con esso in una sorta di catarsi dello spirito umano.

In classe si discuteva del pessimismo di Leopardi che in questa poesia emergeva, forse, nei suoi aspetti più suggestivi.

Fui l'unico a fornire una versione diversa e, in un certo senso, singolare. Non sul pessimismo, storico e incontrovertibile, ma sul significato dell'ultimo verso della poesia:

"E il naufragar m'è dolce in questo mare."

Secondo la mia interpretazione, Leopardi, rapito dalla bellezza del paesaggio, riconosce non tanto i limiti del mondo quanto quelli della propria condizione di uomo incapace di rappresentarla degnamente e per questo si lascia naufragare, sia pure soltanto con il pensiero, nell'immensa distesa d'acqua che circonda il Monte Tabor.

In altri termini, *"L'Infinito"* non è altro che la sublime rappresentazione di un mondo che vive al di là dei confini di una realtà abietta e retrograda come Recanati, fino ad ergersi a giudice monitore della condizione personale di Leopardi, misera, impotente e degenerante.

"Quindi, quello di Leopardi è un pessimismo indotto?", domandò il professor Schoengen al termine del mio intervento.

"Sì. Lui odiava il paese in cui viveva, riteneva che il mondo fosse al di là di quei confini. E poi c'è un'altra cosa."

"Quale?"

"La sua malattia dovuta all'intensità dei suoi studi. Ai tempi in cui compose questa poesia, oltre alla scoliosi, si riacutizzarono i problemi agli occhi. Ciononostante progettò la fuga per il Lombardo Veneto, ma il tentativo fallì perché il padre scoprì il passaporto che si era procurato. E questo è significativo."

"Perché?". Adesso Schoengen si era avvicinato a me inforcando gli occhiali come se volesse scrutarmi meglio.

"I suoi tentativi di fuga", proseguii, "sono la testimonianza di come la felicità, per Leopardi, esistesse davvero, sia pure oltre i confini di Recanati. Perché avrebbe decantato *"L'Infinito"* come qualcosa di irraggiungibile se poi egli stesso aveva tentato con un azione concreta, ovvero la fuga, di evadere dalla sua condizione di isolamento?"

"Ma Leopardi" osservò Schoengen con un sorriso, "descrive l'infinito come qualcosa di percettibile solo con l'immaginazione e perciò del tutto inesistente nella realtà."

"Leopardi è attratto dalla bellezza e l'infinito ne è la sublime rappresentazione. Ma non può competervi per le sue misere condizioni, la subisce inesorabilmente fino ad esserne travolto. L'immaginazione è solo un mezzo e non il fine del suo viaggio oltre i confini della propria terra che più tardi, come la storia racconta, farà davvero".

Quindi avevo individuato nella bellezza la forza ispiratrice del pensiero di Leopardi, meta irraggiungibile ma solo per cause contingenti: la ristrettezza dello spazio temporale (il paese dove viveva), la rigidità dell'educazione ricevuta e, infine, la sua malattia che lo aveva portato a quel decadimento fisico contro cui la bellezza, superba e implacabile, faceva da contraltare e da specchio rivelatore della sua infelice esistenza.

Al termine della lezione i miei compagni si congratularono con me per il mio intervento, soprattutto per aver tenuto testa ad un uomo rigido come il professor Schoengen che incuteva una certa soggezione.

Tutti tranne uno, Rudolf, che si avvicinò a me battendo lentamente le mani con fare canzonatorio:

"E bravo il nostro genio della classe. Mi sa che dovrò prendere lezioni da te".

Finsi indifferenza riponendo con calma i libri nello zaino. Il mio compagno mi afferrò per un braccio accostando la sua faccia corrucciata ad un centimetro dalla mia:

"Non darti troppe arie, terrone."

"Di che hai paura?", risposi a tono.

"Paura? E di chi? Non certo di te, genio dei miei stivali!"

"Rudolf!" Una voce alle nostre spalle impedì che la discussione degenerasse.

Era la professoressa di latino, Lidya Berger che il mio compagno aveva preso di mira con la storia del portacipria rubato.

"Non ti sono bastate le punizioni che hai avuto?", fece la Berger con tono ironico ma deciso.

Rudolf lasciò immediatamente la presa e si rivolse all'insegnante con un largo sorriso che mostrò trentaquattro denti imperfetti. Aveva una vistosa carie ad uno degli incisivi che erano più lunghi degli altri, il che gli conferiva le sembianze di un piccolo *Dracula*.

"Ma quante premure per il piccolo genio di Rosental. Stavamo solo discutendo. Vero Edo?"

Non risposi. Raccolsi i libri e uscii dall'aula mentre la professoressa apostrofava il mio compagno con queste parole:

"Lascialo stare. Lui è un angelo!"

III

Dorian Gray

Il professor Schoengen mi convocò un giorno nella biblioteca del collegio.

"Non preoccuparti, vuole semplicemente parlarti.", mi rassicurò Geraldine, la sua fedele segretaria, mentre mi accompagnava sorridente ed affettuosa all'appuntamento.

Geraldine, donna minuta, sobria e ligia al dovere, era soprannominata da noi studenti: 'la fata del collegio'.

Sempre disponibile, conosceva ogni minimo particolare dell'organizzazione dell'istituto: calendari delle materie di studio, orari degli esami, il programma delle visite d'istruzione e persino i testi per le ricerche didattiche. Insomma, era una *enciclopedia vivente* e noi l'adoravamo per la sua dolcezza e semplicità.

Mi condusse fino all'ingresso della biblioteca tenendomi per mano come due fidanzatini usciti da un fumetto, il che s'intonava con il suo aspetto delicato e giovanile, nonostante avesse superato i quarant'anni e fosse, secondo le chiacchiere del collegio, ancora a digiuno in amore.

Giunti alla soglia della biblioteca, Geraldine mi diede una pacca sulla spalla incoraggiandomi ad entrare. Poi si girò con una mezza piroetta da perfetta ballerina e scomparve nel buio del corridoio.

La biblioteca era una grande sala tappezzata di libri con due ampie finestre, divise da un camino, sulle quali pendevano imponenti tendaggi bordeaux in stile napoleonico. Al centro una lunga tavola ovale destinata a noi studenti per le ricerche e, in fondo, una scrivania in legno massiccio con una poltrona di camoscio occupata, in quel momento, dal professor Schoengen. Era intento a leggere qualcosa e m'incoraggiò a farmi avanti senza alzare lo sguardo.

"Vieni Edo, siediti pure che finisco di leggere queste pagine e sono subito da te".

Schoengen leggeva muovendo gli occhi da destra a sinistra a ritmo cadenzato come quei pupazzi elettronici che si vedono nelle vetrine dei negozi di giocattoli. Ogni tanto mormorava qualcosa con ampi cenni del capo in segno di approvazione. D'un tratto interruppe la lettura, si tolse gli occhiali e guardò me che intanto mi ero seduto di fronte a lui pazientemente in attesa.

"Sai cosa stavo leggendo?"

Scossi la testa come per dire che non avevo la minima idea.

"Oscar Wilde: *Il ritratto di Dorian Gray*. Lo hai letto?"

"No."

"Penso che dovresti farlo. Ti piacerà senz'altro."

Schoengen si alzò e si avvicinò a me appoggiando un braccio sulla spalliera della mia sedia.

"Sai di cosa parla?"

Scossi ancora la testa.

"Di te."

"Di me?"

"Suvvia Edo! Lo sanno tutti qui in collegio che sei il *bello* della compagnia. E te ne vanti pure!"

"Non è vero professore!", mentii. Mi sentivo a disagio, ma mi sforzai di essere calmo e imperturbabile. Schoengen si alzò e andò alla finestra. Allungò lo sguardo come per vedere meglio qualcosa e intanto proseguì:

"Intendiamoci, non c'è niente di male. Le cose belle vanno mostrate e anche ostentate. E tu sei come *Dorian Gray* ."

"Chi è questo *Dorian Gray*?"

"Lo scoprirai presto."

Schoengen ritornò alla scrivania, prese il libro che stava consultando e mi mostrò la copertina. C'era la foto di Oscar Wilde e il titolo del romanzo.

"Leggerai questo libro. Ma fino ad un certo punto."

"Che significa fino ad un certo punto?"

"Nel romanzo di Wilde si parla della bellezza ma anche di come possa essere contaminata. Dorian Gray è descritto come un Adone, ma subisce la tentazione di Lord Henry Wotton che lo condurrà alla perdizione e alla corruzione. Il suo ritratto per mano del pittore Basil Hallward, diventerà lo specchio della sua anima che registrerà, imbruttendosi, tutte le sue infauste azioni."

"Ma perché leggerlo solo in parte? Tanto vale non farlo per niente".

Schoengen sorrise. La mia domanda era più che legittima ma lui rispose prontamente:

"Voglio che tu conosca la parte migliore di Dorian, quella raccontata nei primi sei capitoli. Dovrai leggere un capitolo al giorno, poi, finito il sesto, consegnerai il libro alla mia assistente Geraldine".

Rimasi come frastornato. Non capivo il motivo di questo insolito incarico e soprattutto perché Schoengen avesse scelto proprio me per eseguirlo.

Il professore, come se mi avesse letto nel pensiero, si affrettò a spiegare:

"Ti stai chiedendo perché ti ho chiesto di fare questo. Se ti dicessi che è proprio per la tua bellezza mi crederesti? Sei un ragazzo bellissimo ma, proprio come Dorian Gray all'inizio della sua storia, ancora acerbo e puro. Non sai quello che ti aspetta fuori da questo collegio. C'è chi farà di tutto per approfittarsi di te, chi, come Lord Henry Wotton ti tenterà e ti farà cadere nelle insidie del mondo."

"Se il mondo che mi aspetta fuori di qui è così cattivo," osservai, "non sarebbe meglio che io ne fossi in qualche modo avvertito? Magari questo romanzo potrebbe aiutarmi a mettermi in guardia."

"Hai ragione ma non ti ho detto tutto. Il resto del romanzo lo leggeremo in classe." concesse Schoengen.

"In classe?"

"Organizzeremo dei gruppi di lavoro e tu guiderai uno di loro. Dal settimo capitolo faremo un esperimento."

"Che tipo di esperimento?"

"Ti spiegherò tutto a tempo debito. Per intanto goditi gli aforismi di Oscar Wilde che troverai nelle premesse del libro. Ce n'è uno in particolare molto interessante."

"Quale?"

"Coloro che scorgono bei significati nelle cose belle sono le persone colte. Per loro c'è speranza. Essi sono gli eletti: per loro le cose belle significano solo bellezza.

E' una frase che ti somiglia"

"Mi somiglia?"

"Quando hai commentato *L'Infinito* di Leopardi sono stato colpito dal candore con il quale hai esposto la tua tesi. Può darsi che non sia il pensiero dell'autore ma tu hai voluto rimarcare un aspetto della sua poesia che è di pura bellezza: '*E il naufragar m'è dolce in questo mare.*' ".

Non sapevo se essere lusingato o preoccupato dalle parole di Schoengen. Poteva sembrare un complimento, ma il dubbio che la mia interpretazione sul significato di quel verso non fosse fedele a quanto Leopardi intendesse dire mi procurò un certo disorientamento. Avevo attirato l'attenzione del professore per la mia bellezza o per quello che dicevo? E se poi la mia dissertazione su Leopardi non era altro che l'evocazione della bellezza allo stato puro, forse le due cose, ovvero il mio aspetto gradevole e le parole che avevano accompagnato il mio intervento, si accomunavano fino a fondersi l'una nell'altra.

Immerso in questi pensieri non sentii Schoengen che continuava a parlarmi:

"Edo, mi stai a sentire?"

"Scusi professore. Mi ero distratto."

"Stavo dicendo che dovrai fare un'altra cosa."

Schoengen aprì un cassetto, tirò fuori un segnalibro e me lo mostrò. C'erano incise in posizione verticale queste parole:

"The moral life of man forms part of the subject matter of the artist, but the morality of art consists in the perfect use of an imperfect medium."

("La vita morale dell'uomo è il materiale dell'artista, ma la moralità dell'arte consiste nell'uso perfetto di uno strumento imperfetto.")

"Che cosa significa?", chiesi più confuso che mai.
"E' un altro degli aforismi di Wilde. Dovrai leggerlo prima di ogni capitolo."
"E perché dovrei farlo?"
  Schoengen ritornò alla finestra. Con una mano pulì i vetri appannati dalla pioggia e guardò fuori. Pareva molto interessato a ciò che stava osservando. In realtà, come compresi un attimo dopo, era solo una maniera per trovare le parole giuste per rispondere alla mia domanda.
"Nonostante la pioggia, è sempre uno spettacolo stare ad ammirare questo parco". Il professore mi fece segno di avvicinarmi proseguendo in quella che sembrava una decantazione alle bellezze della natura.
"Le panchine bagnate, i vialetti ricoperti dalle foglie gialle cadute dagli alberi, il prato che sembra una distesa incolta e grigia. Tutto ciò non toglie niente alla bellezza di questo paesaggio. Di fronte a scene

simili siamo soliti   commentare con frasi del tipo: 'Che brutto tempo ', 'Fuori è nuvolo e grigio '. In realtà la bellezza è proprio sotto i nostri occhi. Basta saperla guardare."

"Professore, non capisco ..."

Schoengen appoggiò una mano sulla mia spalla e mi guardò fisso.

"Voglio dire che la vita è bella se la sai guardare, se la sai vivere. Ci saranno sempre giorni di pioggia come questo, ma niente potrà scalfire la bellezza se saprai tenerla intatta nella tua immaginazione: ...*la moralità dell'arte consiste nell'uso perfetto di uno strumento imperfetto.*

IV

Narciso

Eseguii alla lettera quanto il professor Schoengen mi aveva chiesto di fare. Pur non comprendendo i motivi dell'insolito compito, avevo deciso di affidarmi completamente a lui. Provavo un'adorazione profonda per colui che ritenevo il mio alter ego e si sa che quando si ama fortemente qualcuno, lo si fa in maniera del tutto irrazionale e senza alcun motivo.

Mi riusciva tuttavia difficile comprendere l'accostamento della mia persona, voluto da Schoengen, a un personaggio come Dorian Gray, enigmatico e affascinante quanto lo si vuole, ma schivo e quasi refrattario alla sua bellezza.

Avevo letto i primi due capitoli del romanzo e mi ero convinto che Dorian Gray in realtà non amava farsi ritrarre dal pittore Basil. Aveva accettato passivamente di posare per lui ma più che decantare la propria bellezza l'aveva subita per mano dello stesso amico pittore e di Lord Henry Wotton, che lui conosce proprio tramite Basil. Voglio dire che Dorian Gray non ha coscienza della propria vanità se non attraverso il giudizio che riceve dagli altri. Certo è bello, incontestabilmente bello, ma gli manca il dominio assoluto di questa bellezza, preferendo farsi guidare piuttosto che agire nel percorso che Basil e Lord Henry Wotton, sia pure ciascuno per fini diversi, intendono tracciare per lui.

Io, al contrario, ero consapevole della mia bellezza e della forza che la stessa agiva dentro di me, un po' come *Narciso*, personaggio mitologico che proprio in quei giorni avevo conosciuto attraverso gli studi classici. Questa affinità potrebbe sembrare poco lusinghiera dato che Narciso, per punizione divina, s'innamora di se stesso vedendo la propria immagine riflessa in uno specchio d'acqua. Secondo la versione classica, Narciso, rendendosi conto di essere proprio lui la persona amata, si toglie la vita pentendosi di aver rifiutato le *avances* dei suoi corteggiatori.

In realtà il paragone con Narciso si ferma nel momento in cui quest'ultimo si rende conto di essere bello. Forse avevo preso un po' dall'uno e dall'altro personaggio. Come Narciso ero consapevole della mia bellezza ma non disdegnavo, come Dorian Gray, le attenzioni che gli altri avevano per me in virtù di questa stessa bellezza.

Proseguii con la lettura del terzo capitolo dell'opera di Wilde. Nell'occasione mi ero seduto su una panchina del parco del collegio approfittando della bella giornata di sole. Rilessi, come mi aveva chiesto

di fare il professor Schoengen, l'aforisma dell'autore:
" *La vita morale dell'uomo è il materiale dell'artista, ma la moralità dell'arte consiste nell'uso perfetto di uno strumento imperfetto.*", quindi mi accinsi a leggere le prime pagine del capitolo.

Casualmente alzai il capo verso la facciata centrale del collegio e scorsi Schoengen che da una finestra mi stava fissando. Era uno sguardo intenso e malinconico. Non so da quanto tempo il professore si trovasse lì ad osservarmi, ma ricordo di aver ricevuto una sensazione spiacevole, come se qualcosa di brutto stesse per accadere. Distolsi lo sguardo e vidi da un angolo del parco Suor Costanza che avanzava verso di me.

"Ciao Edo", mi disse sedendosi accanto a me, "cosa stai leggendo?"

"Un libro." risposi distrattamente.

"Lo vedo. Di cosa si tratta?"

"Oscar Wilde. *Il ritratto di Dorian Gray.*"

"Bello. Sei stato tu a sceglierlo o te l'ha proposto qualcuno?"

Alzai lo sguardo verso la finestra del collegio dalla quale avevo scorso Schoengen. Il professore era ancora lì ma dopo aver incrociato lo sguardo di Suor Costanza si ritirò tra le tende.

"Il professor Schoengen?" domandò la direttrice.

"Sì".

"Poveretto!" Richiusi il libro di botto e la guardai fisso negli occhi.

"Perché poveretto?"

"Non sai la tragedia che lo ha colpito?"

Negai con il capo. Suor Costanza mi prese per un braccio e raccontò:

"Ha perso il figlio un anno fa. Aveva più o meno la tua stessa età. Era in campeggio con gli amici. Un fulmine colpì la tenda dove erano accampati che prese subito fuoco. Peter, il figlio di Schoengen, rimase intrappolato nella tenda mentre i suoi compagni si salvarono perché in quel momento si trovavano fuori. Il volto di Peter era sfigurato dalle fiamme. Lo portarono all'ospedale ma non ci fu nulla da fare. Era un ragazzo bellissimo. Ma..." e mi guardò attentamente, "adesso che ci penso, gli somigli molto".

Non feci caso al paragone e subito domandai:

"E il professore? Come la prese?"

"Era letteralmente impazzito. Peter era il suo unico figlio. Pochi anni prima aveva perso la moglie per una grave malattia. Peter per lui rappresentava tutto. Fu uno strazio. Ma davvero..."

"Cosa?"

"Somigli molto a Peter". Suor Costanza prese ad ispezionarmi il viso. Sembrava un chirurgo interessato ad esaminare i risultati di un operazione appena eseguita. Mi sfiorò il naso, poi la bocca fino a risalire agli occhi e alla fronte. Andava su e giù con le dita procurandomi un leggero solletico che decisi di tollerare per non interrompere quella che sembrava una verifica molto importante per la mia osservatrice.

"Se non sei proprio uguale a lui, poco ci manca".

Tutto torna, pensai dentro di me. La somiglianza con il figlio di Schoengen mi parve come una rivelazione, un enigma che si risolveva fornendomi le risposte ai dubbi e alle sensazioni che avevo provato fin dal giorno in cui conobbi il professore. I suoi sguardi non erano casuali, forse il mio stesso intervento su Leopardi teso a sottolineare la capacità attrattiva della bellezza, era stato accolto da Schoengen come un pretesto per avvicinarsi a me perché gli ricordavo il figlio scomparso.

"Devo andare". Le parole di Suor Costanza mi fecero sussultare e ritornare alla realtà.

"Continua pure a leggere, Edo.", disse alfine scompigliandomi amorevolmente i capelli. Quindi scomparve dallo stesso angolo del parco da dove l'avevo vista sbucare.

Decisi di ritornare in camera ma non sapevo se riprendere la lettura o continuare nelle mie riflessioni su quanto avevo da poco appreso da Suor Costanza. Del resto le prime pagine del terzo capitolo di Wilde non mi avevano entusiasmato granché. Si parlava della conversazione di Lord Henry Wotton con suo zio per avere da quest'ultimo informazioni sulla famiglia di Dorian Gray. Avevo letto da una rivista che questo capitolo, insieme ad altri del romanzo, era stato inserito solo in un secondo tempo per rendere più voluminosa l'opera. Se fossi stato nei panni di Oscar Wilde non avrei accettato i consigli del suo editore di *allungare* la storia per fini evidentemente commerciali. Un'opera è un po' come un bambino che si partorisce, va accettata così com'è.

Optai per la contemplazione.

Aprii la finestra e guardai il fiume Reno che come sempre scorreva lento e silenzioso. Pensai alla differenza sostanziale che esiste tra il tempo delle cose e quello degli uomini.

Gli avvenimenti della nostra vita, belli o tragici che siano, si succedono ad una velocità infinitamente maggiore rispetto ai cambiamenti della Natura che è sempre uguale a se stessa.

È vero, ci sono le catastrofi naturali che possono provocare trasformazioni profonde ma queste, fortunatamente, avvengono in maniera sporadica mentre la condotta dell'Uomo e le vicende che gli ruotano intorno sono molto più repentine. Il Reno, lungo e sinuoso, conservava quasi fedelmente la stessa morfologia originaria e solo l'esistenza di gruppi di case moderne che fiancheggiavano le sponde, alternate a quelle più antiche o alle distese di vegetazione ancora vergine e incolta, ne attestava il cambiamento della forma del suo lungo percorso. Non così per Schoengen che nel giro di pochi anni aveva assistito alla perdita della moglie e del figlio, con una sequenza temporale così ravvicinata che probabilmente lo aveva minato con la stessa velocità di quelle bombe che cadono dal cielo in tante guerre inutili e devastanti.

"Ciao terrone". Mi girai di scatto e vidi Rudolf entrare dalla porta con il solito sorriso di scherno. Dopo il fallimento dei suoi scherzi aveva smesso di prendermi di mira, pur non rinunciando ad usare nei miei confronti un linguaggio colorito e sprezzante.
"Stai sempre alla finestra. Cosa c'è di tanto interessante da guardare?"
"Mi piace stare qui a pensare.", risposi seccato.
"Dovresti farlo anche tu, se non altro per far lavorare un po' il cervello".
Rudolf non raccolse la provocazione. Andò alla scrivania e prese tra le mani il libro di Oscar Wilde. Lo sfogliò senza alcun interesse, poi disse:
"Che roba è?"
"Lo vedi. Un libro."

"Scommetto che te l'ha consigliato il professor Schoengen."

Annuii.

"Per me quello è un po' frocio. Non hai notato come ti guarda?"

"Non dire stronzate."

"Sì. Sì. È un po' checca. Non è che anche tu…"

Accennai ad una reazione ma Rudolf si affrettò a precisare:

"Calma, calma. Stavo solo scherzando. E poi che male ci sarebbe? In questo collegio non ci sono donne, a parte Geraldine e qualche prof. Ma son tutte brutte e tardone."

Non risposi. Mi distesi sul letto e ripresi a leggere il libro di Wilde. Rudolf provò a sollecitare la conversazione:

"Davvero. Per me Schoengen è un po' strano".

Appoggiai il libro sul petto e domandai:

"Perché mai? E lascia perdere la teoria del frocio."

"Intanto, quella sua mania di fotografare e, soprattutto, di fotografarci…"

vero. L'avevo visto tante volte con la sua polaroid a tracolla nelle gite d'istruzione e non solo. Diceva che fotografare è un'arte perché si fissano immagini che restano indelebili nel tempo. Ma i soggetti delle sue osservazioni non erano soltanto i monumenti, le sculture, le piazze o un bel paesaggio. Spesso ci

44

obbligava a fotografarci in tutte le posizioni possibili: in gruppo, sulle scalinate delle chiese, o nei parchi dove ci fermavamo per il ristoro nei momenti di pausa tra una visita e l'altra. Dopo le foto di gruppo, Schoengen si dilettava a riprenderci individualmente ed io ero il suo soggetto preferito. Con la scusa di voler creare un album di ricordi che fermasse i momenti più belli di ciascuno di noi, aveva preso a fotografarmi, dapprima con discrezione e poi in maniera sempre più sfacciata. Eccomi davanti alle vetrine di una libreria che lui giudicava molto caratteristica per l'insegna che ritraeva Dante e Virgilio nella 'Divina Commedia'. O seduto su una poltrona intento a leggere un libro alla *Offentliche Bibliothec der Universitat Basel,* la biblioteca di Basilea famosa per la sua specializzazione nelle scienze e nella medicina.

"Non vuoi diventare un medico?", mi diceva, "Questo è il posto giusto per te".

Mi fotografava sempre in ambienti che avevano a che fare con la cultura e con oggetti che, in un modo o nell'altro, la rappresentavano: un libro, una locandina che ritraeva i personaggi della letteratura più famosi e persino un cappello da laurea all'uscita di qualche università. Spesso mi ripeteva, forse per giustificare questa sua mania di fotografarmi, che ero "bello come la cultura. E la cultura è bella quanto te".

Dissi a Rudolf:

"Il fatto che il professor Schoengen ci fotografi non è poi così strano. Lo fa per immortalare i momenti più belli e importanti delle nostre gite d'istruzione."

"Ma davvero?" commentò ironico il mio compagno.

"Credo che invece sia *tu* il suo momento più importante."

"Cosa vuoi dire?"

"L'altro giorno l'ho visto uscire dalla cappella del collegio con dei libri tra le mani. Sembrava che stesse piangendo. Nella fretta non si è accorto di aver perso qualcosa. Ho aspettato che se ne andasse e ho raccolto l'oggetto che aveva perso."

"Che cos'era?".

Rudolf tirò dalla tasca una fotografia e me la porse: "Questa".

Era una foto scattata a Ginevra che mi riprendeva davanti al muro dei quattro riformatori: *Guglielmo Farel, Giovanni Calvino, Teodoro di Beza* e *John Knox.* Ricordo che Schoengen mi disse di sedermi sotto la statua di Calvino, leader della riforma protestante e padre spirituale della città. Non capivo la scelta di fotografarmi alle spalle di uno di quei riformatori ma, come ho già spiegato, mi fidavo ciecamente di Schoengen come un allievo ubbidiente e fedele al suo maestro. Girai la foto e notai che in alto a sinistra vi erano scritte queste parole: "Tutto è ineluttabile".

"Cosa significa?" chiesi più a me stesso che al mio interlocutore.

"Prova a immaginare. Se non è infatuazione questa, poco ci manca".

"In un certo senso è un'infatuazione," concessi, "ma non è quella che pensi".

Rudolf si strinse nelle spalle e mi domandò con tono nuovamente ironico e provocatorio:

"Allora, perché non me lo spieghi tu, professorino?"

"Sarebbe tempo perso." sbottai.

Rudolf emise tre gridolini in scala crescente, poi si lasciò andare in una fragorosa risata tenendosi le mani sulla pancia. Sembrava un indemoniato e per un momento ho pensato che avesse una crisi isterica, cosa non improbabile visto il suo basso quoziente intellettivo.

La sua reazione, anziché indispettirmi, mi lasciò del tutto indifferente. Ormai lo conoscevo bene, non era nuovo in queste esternazioni plateali e puerili che in realtà volevano nascondere semplicemente la sua incapacità di confrontarsi con me con argomenti seri e impegnativi.

"Hai finito? O devo chiamare il medico?"

"Certo che ho finito." rispose Rudolf provando a ritornare serio.

"Anzi, sai che faccio? Ti lascio solo professorino, così rifletterai bene su quello che ti ho detto. Ciao terrone".

Così dicendo uscì dalla stanza. I suoi gridolini si udirono dal corridoio, prima chiari e forti, poi sempre più attenuati fino a perdersi del tutto nel silenzio.

Segno che, finalmente, il mio compagno *festoso* era definitivamente scomparso.

V

La scoperta

Rimasto solo, rimuginai sulla foto dei quattro riformatori ma soprattutto sul significato di quelle parole riportate a tergo: *Tutto è ineluttabile*. Forse Rudolf non si era nemmeno accorto di questa frase, intento com'era a dimostrare la sua teoria sulle strane attenzioni che il professore mi rivolgeva, sintomo, a suo dire, di una recondita dichiarazione d'amore.

 Ma sentivo che non era così. Certo il comportamento di Schoengen non era di quelli che potevano definirsi *normali*. La sua mania di fotografarmi, di osservarmi anche con insistenza in tanti momenti della giornata, il suo interesse nei miei confronti anche sul piano dell'insegnamento, fino ad assegnarmi l'insolito incarico della lettura parziale dell'opera di Wilde, non erano atteggiamenti dell'agire comune ma piuttosto l'enfatizzazione del rapporto alunno/ professore che invece dovrebbe svilupparsi in maniera del tutto naturale.

Tutto è ineluttabile. Questa frase mi risuonava nella testa come il ronzio di un ape, continuo e fastidioso.

Cosa voleva dire il professore? Perché aveva scritto queste parole sulla foto che mi riprendeva sotto la statua di Giovanni Calvino? Perché Schoengen era uscito dalla cappella in tutta fretta e sembrava, secondo il racconto di Rudolf, che stesse piangendo?

Decisi di raccogliere qualche informazione sulla figura di Giovanni Calvino. Forse la scelta di Schoengen di fotografarmi sotto la sua statua non era stata casuale, ma si legava a qualcosa che aveva a che fare con questo personaggio.

Mi recai in biblioteca e cominciai a cercare nel reparto riservato alla letteratura del tardo medioevo. "Posso esserti utile?".

Mi girai e vidi Geraldine con una mano appoggiata alla porta d'ingresso e l'altra sul fianco.

"Forse.", risposi.

"Sto cercando qualcosa su Giovanni Calvino. Stiamo facendo una ricerca."

"Vediamo.", disse Geraldine che subito si precipitò a cercare nell'ultimo scaffale in basso della libreria. Tirò fuori un paio di opere dello scrittore e le appoggiò sul tavolo. Erano i testi delle *Opere scelte Vol I. Dispute con Roma* e dell'*Istituzione della religione cristiana*.

"Hai bisogno di qualcosa in particolare?" chiese Geraldine.

"Non saprei, forse qualcosa sul suo pensiero filosofico".

Geraldine prese a sfogliare il volume dell'*Istituzione della religione cristiana*.

"Questa è l'opera più importante di Calvino.", osservò. Era un testo con pagine lucide e bianche che sembrava appena uscito nelle librerie, cosa un po' insolita rispetto a tanti testi che avevo consultato i cui fogli ingialliti attestavano la loro provenienza datata. Ad un tratto i miei occhi caddero su una frase dell'opera che era stata sottolineata con una matita rossa. Era un passaggio sulla predestinazione degli uomini: *"per mezzo della quale Dio ha assegnato gli uni a salvezza e gli altri a condanna eterna"*.

"Cosa significa?" domandai appellandomi al grado di cultura della mia interlocutrice.

"La doppia predestinazione è un concetto essenziale del pensiero di Calvino. Lui sosteneva che gli uomini, per volere di Dio, fossero divisi in due categorie: quelli votati al bene e alla salvezza e quelli che agivano nel male e perciò predestinati alla condanna senz'appello. Insomma, secondo Calvino ciascuno di noi ha un destino che è ineluttabile".

Ineluttabile, ripetei dentro di me pensando alla frase di Schoengen.

"Perché quella sottolineatura?"

"Mah, forse l'ha fatta qualcuno di voi. O magari il professor Schoengen. Lui è solito prendere appunti."
"Grazie. Sei stata molto utile. Posso fare qualche fotocopia di queste pagine?"
Geraldine annuì con un sorriso.
"Quali ne hai bisogno?"
"Proprio queste sulla predestinazione."
"Dai qua che ci penso io." Così dicendo prese il testo di Calvino e si allontanò dalla sala assicurandomi che ci avrebbe messo poco.
Riposi l'altro testo nella libreria e andai alla finestra da dove quella mattina avevo visto Schoengen che mi osservava mentre ero intento a leggere il romanzo di Wilde. Mi venne in mente uno di quei giochi che mi piaceva fare da bambino: il puzzle. Ci passavo interi pomeriggi a raccogliere i pezzi per ricomporre il disegno della scatola. Sentivo che con Schoengen mancava ancora qualche tassello per ricostruire il quadro della situazione, proprio come un puzzle. Era curioso o quanto meno singolare che la chiave dello strano comportamento del professore passasse attraverso le opere di Wilde e Calvino. Due autori diversissimi tra loro ma che, forse, avevano in comune l'esperienza della bellezza: l'una edonica e l'altra divina.
"Ecco fatto." La voce squillante di Geraldine mi ricondusse alla realtà.

"Sono in tutto venti pagine, alcune non sono venute proprio bene. Devo dire a Suor Costanza di chiamare il tecnico della fotocopiatrice. Da qualche giorno ci sto litigando troppo".

Geraldine poggiò le fotocopie sul tavolo e con una giravolta, che avevo già visto fare il giorno che mi accompagnò da Schoengen, fece per uscire, ma la fermai:

"Posso farti una domanda?"

La *fata di Rosental* si girò con un sorriso radioso:

"Certo che puoi. Sei così carino che non potrei mai dirti di no". Frase sibillina che poteva alludere tanto al mio aspetto fisico quanto al mio comportamento gentile. Non feci caso al complimento e iniziai:

"Stamane Suor Costanza mi ha raccontato la tragedia che ha colpito il professor Schoengen."

"Già," fece Geraldine, "è stato davvero terribile."

"Il professore l'avrà presa proprio male."

"Male? Direi piuttosto che la morte del figlio sia stata per lui una vera e propria catastrofe. Pensa che si sentiva in colpa."

"E perché?"

Geraldine si sedette facendomi segno di fare altrettanto.

"Quando gli uomini del pronto soccorso entrarono nella tenda del povero Peter, lo trovarono accanto a un libro che miracolosamente era rimasto intatto, come se le fiamme non lo avessero minimamente sfiorato."

"Un libro?"

"Sì. Il professor Schoengen aveva raccomandato a suo figlio di non perdere l'abitudine di leggere anche in vacanza. Probabilmente Peter si trovava nella tenda perché stava leggendo quel libro."

"Che libro era?"

Geraldine si portò una mano sul mento e rispose pensierosa.

"Adesso non ricordo. Fammi pensare …"

"Per caso era un opera di Calvino?"

"Ma no, figurati. Leggere queste cose in vacanza! Era un romanzo. Ci sono! Era quello del ritratto."

"*Il ritratto di Dorian Gray*?"

"Sì, era proprio questo libro di Oscar Wilde. Ricordo che il professore si sentì così in colpa che non voleva più tornare ad insegnare."

"Ma non era colpa sua."

"Lo so. Ma diceva che se non gli avesse dato quei consigli sulla lettura, suo figlio si sarebbe sicuramente salvato. Per un po' di tempo andò avanti con questa assurda convinzione."

"E poi cosa successe?"

"Il professore accettò, dietro le insistenze di tutti noi, di andare da uno psicologo. La cosa fortunatamente ha funzionato. Dopo un paio di mesi è ritornato a lavorare. Grazie anche a te…"

"A me?"

"Da quando ti ha conosciuto non fa altro che parlare di te. Dice che ti ha *mandato* Peter."

"Peter?"

"Oh non farci caso…", disse Geraldine alzandosi con un movimento della mano, come per scacciare qualche insetto.

"Lui dice che sei bello e intelligente come suo figlio. Per i medici questo è un buon inizio per il ritorno alla vita del professore."

Così dicendo Geraldine mi schioccò un bacio sulla fronte. Poi aggiunse: "Adesso ti lascio solo con la tua ricerca".

Si girò e a passi spediti lasciò la stanza.

VI

Il sogno e la rivelazione

Quella notte decisi di disubbidire a Schoengen leggendo tutto il romanzo di Wilde. Rudolf era andato a casa dai suoi per il week-end ed io ne approfittai per dedicarmi alla lettura di quei capitoli che Schoengen, per un motivo oscuro, mi aveva chiesto di non leggere se non dopo il lavoro di gruppo che avremmo fatto in classe.

Cominciavo a pensare che l'idea di questo esperimento di studio fosse in realtà soltanto un pretesto per convincermi ad eseguire fedelmente il compito ricevuto. Ma gli ultimi avvenimenti di quella mattina e soprattutto le rivelazioni di Suor Costanza e di Geraldine, mi avevano convinto che le intenzioni del professore erano altre, anche se il fine non mi era ancora chiaro. Certo la perdita di suo figlio e il fatto che io fossi una specie di surrogato per l'elaborazione di questo lutto, potevano essere gli ultimi tasselli per ricostruire, usando la metafora del puzzle, un disegno fedele al suo originale.

Sentivo però che mancava ancora qualcosa. Lessi attentamente e tutti d'un fiato i capitoli di Wilde con la fretta e l'impazienza di arrivare all'ultima pagina sperando di trovarvi le risposte che cercavo.

Stremato dalla stanchezza, dopo le ultime parole del romanzo, mi addormentai facendo un sogno.

Mi trovavo in una corte di quelle che esistevano nel cinquecento, con case in pietra rinascimentale, sparse in mezzo a campagne immense in cui gruppi di contadini coltivavano la terra sotto il sole battente. Un grande castello troneggiava su quel paesaggio tranquillo e verdeggiante all'interno del quale si aggiravano persone di qualsiasi estrazione sociale: segretari, impiegati, camerieri, sguatteri, giardinieri, stallieri, cuochi, guardie, medici e preti. Io ero in una stanza del castello con Giovanni Calvino, che nel sogno era mio padre, intento a raccomandare al pittore che mi stava ritraendo di eseguire la più grande opera d'arte del secolo.

"Basilio, mio figlio è un predestinato alla bellezza. Devi eseguire il suo ritratto come se fosse la tua ultima opera, la più importante."

"Sempre ai Vostri ordini, signore. Vostro figlio è così bello che è un'opera d'arte vivente".

A quel punto entrò il professor Schoengen nei panni di un prete che si avvicinò a me toccandomi il capo: "Che Iddio ti benedica figliolo". Fece il segno della croce sulla mia fronte e mi cosparse i capelli di acqua santa.

Il mio ritratto, perfettamente riuscito, si moltiplicò in centinaia di esemplari che occuparono tutte le pareti della stanza.

Calvino chiamò le guardie e ordinò di distribuire le copie del ritratto in tutte le case.   All'improvviso scoppiò un incendio nel castello e le fiamme si diffusero a macchia d'olio in ogni angolo del paese fino a devastarlo.   Nessuno si salvò tranne il mio ritratto che emerse dalle fiamme miracolosamente indenne. Ma al posto della mia immagine comparve quella di Dorian Gray con un sorriso beffardo.

Mi svegliai di soprassalto alzandomi a sedere con le mani appoggiate sul materasso. Guardai il libro di Wilde che giaceva sul comodino ancora intatto, come se non fosse mai stato aperto. Provai una forte repulsione per quell'oggetto e decisi di consegnarlo a Geraldine la mattina stessa. Il professor Schoengen non avrebbe mai scoperto di aver contravvenuto ai suoi patti, avrei fatto finta di non conoscere tutta la storia del romanzo presentandomi alla discussione in classe come colui che si appresta a guardare, senza rivelarlo, un film già visto.

Mi vestii in fretta e mi avviai all'aula mensa per la colazione.

In corridoio scorsi da lontano Geraldine che parlava con un inserviente. Appena mi vide mi fece segno di avvicinarmi con il suo solito sorriso cordiale.

"Buon giorno Edo. Che dormiglione! Sai che ore sono?"

Mi strinsi nelle spalle come per dire che non avevo la più pallida idea. Dopo il sogno di quella notte avevo perso la cognizione del tempo.

"Sono quasi le dieci." fece Geraldine. "Anche se è domenica e Suor Costanza vi permette di dormire un po' di più, non credi che sia un po' tardi?"

"Ho dormito male.", mi giustificai.

"Hai fatto un brutto sogno?"

'Sapessi!', dissi tra me. Invece mi limitai a consegnarle il romanzo di Wilde secondo le istruzioni del professor Schoengen.

"Glielo farò avere senz'altro.", disse Geraldine che poi aggiunse: "Ricordati che tra un'ora comincia la messa".

Scesi in fretta le scale e raggiunsi la mensa sedendomi al mio solito tavolo sul quale vi trovai puntualmente tutto l'occorrente per la colazione: una tazza capovolta sul piattino, una brocca con il latte, un bicchiere di succo d'arancia e una brioche. Non c'era nessun altro, segno che evidentemente quella mattina avevo proprio fatto tardi. Versai il latte nella tazza e presi a mangiare la brioche masticando lentamente come se avessi voluto prolungare il più possibile quel momento prima di recarmi in chiesa.

Quello della messa era un rituale che sopportavo a malapena. Ovviamente Suor Costanza ci teneva che frequentassimo la *Casa del Signore* con una assiduità degna del suo nome, convinta che dovessimo liberarci dai nostri peccati quotidiani. Forse era proprio questa spinta ossessiva alla redenzione che mi faceva essere sempre più riluttante verso un rituale che giudicavo dogmatico e impositivo. Di quali colpe ci saremmo mai macchiati? E poi, nel mio caso, aver letto tutto il romanzo di Wilde disattendendo la volontà di Schoengen poteva mai essere una colpa? Mentre ero immerso in questi pensieri sentii da dietro le spalle un respiro ansimante. Mi girai e vidi il professor Schoengen che con un fazzoletto si tergeva il sudore dalla fronte. Quasi mi venne un colpo ed esclamai:
"Professore!"
"Ti ho spaventato Edo?"
Senza attendere la risposta andò a sedersi di fronte a me.
"Geraldine mi ha dato il romanzo di Wilde. L'hai letto?"
"Sì".
"Voglio dire, l'hai letto tutto?"
Arrossii. Gli occhi fissi e vitrei di Schoengen non mi lasciarono scampo. Feci un cenno affermativo con il capo e riversai lo sguardo sulla tazza del latte nella

quale avrei voluto sprofondare. Avevo tradito la fiducia del professore e questo più di ogni altra cosa mi faceva un gran male. Schoengèn mormorò qualcosa, poi disse:

"Ti avevo detto di fermarti al sesto capitolo. Perché hai proseguito?"

A quel punto gli parlai di suo figlio Peter e di quello che avevo saputo da Suor Costanza e da Geraldine.

Schoengen non batté ciglio come se quelle rivelazioni, ancorché intime e dolorose, appartenessero a qualcun altro. Si alzò e iniziò ad andare avanti e indietro per la sala con le mani incrociate sulla schiena. Aveva l'aria di chi stesse trovando le giuste parole per proseguire nella discussione.

"Sai cosa stava leggendo mio figlio la sera dell'incidente?"

"Il libro di Wilde..."

"Sì, ma sai quale parte del romanzo?"

Feci cenno di no con la testa.

"La pagina in cui *Dorian Gray* decide di lasciare *Sibyl Vane*, un'attricetta di cui si è infatuato. È deluso dalla sua performance a teatro davanti a suoi amici *Basil* e *Lord Henry*..."

"Il settimo capitolo...".

"Sì. Lo so per certo perché quando quelli della scientifica trovarono l'opera di Wilde accanto al corpo di mio figlio c'era un segnalibro proprio tra queste pagine".

Volevo obiettare che questa coincidenza mi sembrava improbabile. Se davvero Peter stava leggendo il libro, l'incendio non gli avrebbe dato il tempo di richiuderlo e per giunta con un segnalibro. Ma Schoengen sembrava convinto che i fatti fossero andati proprio in quel modo.   Forse aveva fatto appello a questa spiegazione così insolita e irrazionale per giustificare una perdita tanto dolorosa e devastante, al punto da esorcizzarla attraverso il romanzo di Wilde.

Schoengen proseguì:

"Dal momento in cui *Dorian Gray* mette fine alla sua storia d'amore con *Sibyl Vane*, inizia il decadimento interiore della sua bellezza che sarà, negli anni a venire, irrimediabilmente corrotta. *Sibyl,* infatti, per la cocente delusione si toglierà la vita e per *Dorian* si apriranno le porte dell'inferno..."

"È per questo che voleva che leggessi il romanzo fino al sesto capitolo?"

"Sì".

Così Schoengen, per un misterioso disegno, voleva ripetere con me la tragica esperienza vissuta da suo figlio Peter, ma questa volta illudendosi di dominare quegli eventi come un regista che ad un certo punto decide di cambiare il finale del suo film. In altri termini, secondo i voleri del professore, dovevo recitare la parte di Peter con un copione riveduto e corretto al solo scopo di ricavarne un finale diverso. Ma era un tentativo illogico e irrazionale che poteva avere senso solo nella mente di un uomo instabile e disperato come Schoengen.

Senza aggiungere altro il professore si avviò all'uscita della sala trascinandosi a fatica come un vecchio che non riesce più a sopportare il peso dei suoi anni.

Giunto sulla soglia mi lanciò un'occhiata mista di tristezza e di delusione prima di scomparire nel buio definitivamente.

VII

La Santa Messa

Alle 11.00 in punto la messa ebbe inizio. Don Ferdinando, parroco di Rosental, pronunciò le solite parole di rito dall'altare della piccola cappella del collegio. Io ero seduto all'ultima fila con i miei compagni Jonathan e Riccardo che se la ridevano e si davano spintoni. Dalla prima fila Suor Costanza, che aveva un udito acutissimo, si girò verso di noi portandosi l'indice al naso come a dire di fare silenzio.

Don Ferdinando iniziò a commentare il salmo 104 dedicato alla bellezza.

"Lode a Dio per la bellezza del creato".

Improvvisamente mi tornarono in mente le parole di Schoengen nel giorno in cui, dalla finestra della biblioteca, aveva così commentato il paesaggio autunnale che gli offriva la veduta del parco "...la vita è bella se la sai guardare, se la sai vivere. Ci saranno sempre giorni di pioggia come questo, ma niente potrà scalfire la bellezza se saprai tenerla intatta nella tua immaginazione".

C'era una certa comunanza tra le parole del salmo e quelle pronunciate dal professore: in entrambi i casi s'inneggiava alla bellezza divina e naturale delle cose per scongiurare il pericolo di una loro contaminazione ad opera dell'uomo. E per lo stesso fine tautologico l'immaginazione, associata al comando divino della creazione, doveva servire a tenere ben saldo il ricordo e la ragione storica della bellezza.

In altri termini, Schoengen mi riteneva la perfetta incarnazione di tutto ciò che rappresentava il bello e perciò aveva cercato di proteggermi da tutti i mali del mondo attraverso l'esperienza trascendentale della morte di suo figlio Peter, per la quale il romanzo di Wilde era semplicemente lo *strumento* attuativo.

"*Alleluia, alleluia ...*", il coro della chiesa intonò la canzone liturgica e tutti si alzarono in piedi per ripetere queste parole del salmo con le braccia alzate in segno di compunzione e di riconoscenza.

Gli occhi mi si riempirono di lacrime per una commozione che attribuivo ora all'insegnamento religioso, ora alla responsabilità che Schoengen mi aveva conferito affinché rimanessi un ragazzo... *perfetto*.

"Che hai Edo, ti senti bene?"

Mi girai e vidi Jonathan che mi osservava come se avesse visto un marziano.

"Niente, perché?"

"Ma stai piangendo..."

"Cercate il Signore e la sua potenza. Cercate sempre il suo volto".

Le parole di don Ferdinando mi tolsero dall'imbarazzo di rispondere. Il parroco ci fece segno di sederci e tutti noi ubbidimmo in simultanea. Piombò il silenzio e in quel preciso momento udimmo un boato proveniente dall'uscita della cappella. Si elevarono delle grida e la folla scappò spaventata verso quella direzione. Grazie al fatto di trovarmi all'ultima fila, raggiunsi prima degli altri il corridoio del collegio. Qualcuno gridò "In biblioteca, presto, correte in biblioteca". Conoscevo una scorciatoia. Dalla mensa presi la scala secondaria e giunsi all'ultimo piano dell'edificio per imboccare subito dopo il grande corridoio che portava alla sala della biblioteca. Mi fermai sulla soglia e rimasi come pietrificato. Disteso a terra vicino al camino c'era Schoengen, esanime, con lo sguardo rivolto verso la porta d'entrata. In una mano aveva una pistola e nell'altra teneva un quadro appoggiato sul ventre. Mi avvicinai lentamente col respiro ansimante. Schoengen aveva gli occhi spalancati e sembrava che mi sorridesse. Dalla tempia sinistra scendeva una riga di sangue che si perdeva dietro il collo. Guardai il quadro. Era il ritratto di un giovane ragazzo dai capelli ondulati e lucenti, bello come il sole.
Quel ragazzo ero io.

PARTE II

Il giardino delle donne

VIII

Milano

Odio guidare, specie quando c'è traffico e si vive in una città caotica come Milano. Ma devo fare di necessità virtù. Certo potrei prendere la metro e risparmiarmi lo smog che sono costretto a respirare tutti i giorni e che prima o poi mi farà venire il cancro ai polmoni. Ma per raggiungere la clinica dove lavoro è il solo modo per arrivarci più comodamente, senza contare il vantaggio di parcheggiare la macchina nell'autosilo riservato ai medici. In fondo preferisco così. Sono un radiologo e non mi va di essere scambiato come un lavoratore qualsiasi fra i tanti pendolari che affollano gli autobus e le metropolitane, facce uguali dello stesso colore che vogliono dire frustrazione e alienazione.

Ho scelto questa professione dopo anni di duro sacrificio trascorsi nel collegio di Rosental fino a frequentare l'università di Milano dove mi sono laureato con il massimo dei voti ancor prima che terminasse il ciclo accademico degli studi. L'ho fatto per prestigio, per voglia di affermarmi e di essere diverso dagli altri. Ma soprattutto l'ho fatto per mia madre che desiderava tanto che diventassi una persona importante come lo era stata mio padre, uomo d'affari dell'alta finanza milanese. E una persona importante si vede anche dalle piccole cose, non va al lavoro in autobus, semmai si fa accompagnare dall'autista, cosa che sicuramente farò non appena otterrò la carica di direttore sanitario.

Eccomi in corso Buenos Aires, ancora pochi incroci e imboccherò la strada che dritta mi porterà alla clinica. Sento un tremolio ai fianchi, forse è lo stomaco che borbotta perché non ho ancora fatto colazione.

Ma no!

Sono le vibrazioni del telefonino, qualcuno ha deciso di rompere già alle sette del mattino. Guardo il display e indosso l'auricolare per rispondere. È Gisella, la mia ultima *fiamma*.

"Ciao Edo, sei in macchina?"

"E dove vuoi che sia?"

"Volevo dirti che hai dimenticato la radiografia di quella tua paziente..."

Accidenti! Marina Tocci, la moglie di Contini, il fondatore della clinica. Quando imparerò a non portarmi più il lavoro a casa?

Gisella si offre di venire alla clinica per consegnarmi il plico. Rispondo di no. Mai mischiare le donne con il lavoro. E poi con tutte le ex che ho collezionato tra infermiere e assistenti non sarebbe davvero il caso. Le dico di inviarmi il referto per fax.

"Edo?"

"Sì?"

"Stanotte sei stato fantastico!"

Quante volte avrò sentito questa frase? Tante. Comincio ad averne la nausea. Certo fa sempre piacere ricevere un complimento, ma quelli scontati e ripetitivi non hanno lo stesso sapore di una conquista impervia e piena di difficoltà. Per me non è stato così fin dalla mia iniziazione sessuale. Colpa della mia bellezza che mi ha facilitato il compito di spaziare nell'universo femminile dal quale sono stato puntualmente sedotto senza mai provare il sapore tipico della conquista.

Ora Gisella, come qualche tempo prima Maria, Francesca o Ludovica, è prodiga di complimenti con sottolineature anche imbarazzanti, come quella di esaltare un particolare aspetto del mio fisico.

"Il tuo odore è inebriante. È ancora impresso nelle lenzuola che quasi mi dispiacerebbe scendere dal letto..."

"Gisella devo proprio lasciarti. Sono appena entrato nell'autosilo".

Schiaccio il pulsante di fine chiamata e inizio la manovra di parcheggio.

IX

La luce rossa

"Buon giorno dottor Marini, oggi l'aspetta una mattinata piena di visite". Selvaggia, la mia assistente tuttofare, mi accoglie con un pacco di cartelle sotto braccio e un sorriso che mette in bella vista i suoi denti bianchissimi, frutto di una costante e meticolosa igiene orale. Ovviamente è innamorata di me, ma è così brutta che dovrei fare uno sforzo immane per consumare un amplesso fugace senza guardarla negli occhi. A parte la dentatura perfetta, tutto il resto del corpo è decisamente imperfetto. Alta poco meno di un metro e cinquanta, ossuta e senza forme, Selvaggia è quel che si dice di una donna nata nel corpo sbagliato. La sua femminilità la esprime soltanto attraverso il linguaggio verbale perché ingabbiata in un fisico mascolino, privo di quelle sinuosità che possano incuriosire un uomo. Ma nel suo lavoro è insostituibile. Ricorda tutti gli appuntamenti e il programma di lavoro senza nemmeno consultare l'agenda, si occupa di fatture e di tutto il carteggio dei pazienti con una precisione da fare invidia a un computer di nuova generazione. Una volta, quando ero a letto con la febbre, si era presa persino la briga di telefonarmi ogni quattro ore per ricordarmi di prendere l'antibiotico o di chiamare l'infermiere per le iniezioni.

Meriterebbe un po' delle mie attenzioni, fosse solo per riconoscenza.

Ora Selvaggia mi ricorda che dopo le quaranta radiografie della giornata ho un appuntamento con la Tocci, una riunione con il pneumologo e l'oncologo per esaminare un particolare caso di tumore polmonare e una puntata all'università della Cattolica dove sono stato invitato per un convegno. Insomma ne ho per tutta la giornata e la cosa dovrebbe affascinarmi, ma oggi sono particolarmente stanco e svogliato che quasi me ne andrei all'Idroscalo, stendermi sull'erba o fare un bel giro in barca.

Sarà colpa della notte sfrenata di sesso con Gisella, insaziabile compagna che ho conosciuto da un mese ma di cui mi sono già stancato. O forse sto perdendo colpi come direbbe Osvaldo, il mio collega invidioso sempre pronto a punzecchiarmi quando mi vede con le occhiaie o con l'aria di chi ha poca voglia di lavorare.

Vado al bar, faccio colazione, parlo con alcuni colleghi e salgo nel mio ufficio per esaminare e redigere i referti radiografici. Mi aspetto per almeno il venti per cento delle quaranta visite, responsi problematici o di approfondimento. È un dato statistico ricavato dalla mia esperienza che quasi non mi sorprende più: fratture più o meno marcate, artriti, lussazioni, costole conciate male, broncopolmoniti, fibrosi o neoplasie polmonari. Un vero bollettino di guerra per quei poveri pazienti che sperano di sentirsi comunicare, come per miracolo, una diagnosi diversa da quella temuta.

Da bambino, quando accompagnavo la mamma a fare visite di questo tipo, ero particolarmente incuriosito dalle persone che, un po' preoccupate, attendevano il proprio turno prima di entrare dalla porta che portava, dopo aver attraversato l'anticamera, alla sala per le radiografie. Ricordo che ce n'erano quattro di fila, ciascuna con un lampadina che si accendeva di rosso non appena la visita fosse iniziata.

"Mamma, perché quella luce rossa?"

"Perché i raggi della macchina delle radiografie sono nocivi. Quella luce sta ad indicare che non si può assolutamente entrare".

Nel tempo ho associato questo ricordo ai film sul nazismo in cui gli ebrei venivano portati nelle camere a gas con la subdola scusa di doversi lavare sotto la doccia. Il tratto comune che collegavo alle due situazioni era quella muta rassegnazione mista a triste presagio di non aspettarsi niente di buono una volta varcata la soglia che avrebbe portato, gli uni, alla morte sicura e gli altri all'inizio di qualcosa di molto simile. Strane fantasticherie che tuttavia mi hanno spinto indirettamente a sollecitare la mia curiosità nella scelta di questa professione per vedere cosa ci fosse dall'altra parte della *porta*.

Alle 11.00 esamino il referto di Marina Tocci che Gisella mi ha mandato col fax. L'avevo già fatto a casa nei ritagli di tempo dell'ultimo fine settimana ma ora, in vista dell'appuntamento, stavo approfondendo alcuni aspetti della diagnosi.

Marina Tocci è stata la mia amante tanto tempo fa. Avevo diciannove anni e mi ero iscritto da poco a medicina, la stessa facoltà che Marina aveva frequentato per qualche tempo prima di rinunciarci definitivamente dopo l'ennesimo flop all'esame di chirurgia pediatrica.

L'avevo conosciuta mentre ero alle prese con l'iscrizione al corso di anatomia arrabattandomi tra moduli e questionari vari, seduto a un tavolo della segreteria.

"Posso aiutarti?"

Nel preciso istante in cui alzai lo sguardo rimasi come folgorato dalla sua bellezza. Alta, bruna, longilinea, un fisico da mozzafiato di quelli che si vedono al cinema o in televisione.

Fu sesso a prima vista. Eravamo così attratti dell'uno verso l'altro che ci vedevamo quasi solo per far l'amore.   Le nostre prestazioni erotiche si consumavano ovunque ci trovassimo: in macchina, in ascensore tra un piano e l'altro, nei bagni dell'università e una volta persino a Pompei, durante la visita agli scavi sulla via consolare dietro ad una arcata. Insomma lo facevamo dappertutto che quasi il letto di casa o di un albergo erano un optional, una variante al nostro edonico menage neppure tanto ricercata. La nostra fu una passione che durò lo spazio di qualche mese e che svanì senza nemmeno che ce ne accorgessimo. Forse avevamo vissuto così intensamente la nostra sfrenata lussuria che fu quasi naturale non vederci più da un giorno all'altro.

Ora aspettavo Marina nel mio studio per comunicarle l'esito degli esami. E per lei non sarebbe stata una bella notizia

X

La diagnosi

"Ciao Edo, quanti anni sono passati dall'ultima volta che ci siamo visti?"

"Troppi. Dovremmo recuperare il tempo perduto".

Marina mi sorride e si siede davanti a me togliendosi i guanti e il cappello come una perfetta dama dell'ottocento. I capelli raccolti con un fermaglio d'argento, il tailleur scuro intonato con la pelle liscia ed eburnea, mi fa pensare per un momento ad Audrei Hepburn in *Colazione da Tiffany*. È sempre bella anche se gli anni sono passati e un velo di tristezza sembra pervadere il viso maturo, le cui rughe, sparse qua e là, paiono come solchi implacabili e ben visibili a dispetto del trucco incipiente.

"Allora, che mi dice il mio bel dottor Marini? Ma sai?"

"Cosa?"

"Se ci fossimo sposati sarei diventata la signora Marini. Pensa, Marina Marini. Non è male, trovi?"

"Siamo ancora in tempo, puoi sempre divorziare da tuo marito".

Marina si lascia andare a una risatina stridula rovesciando il capo sulla spalliera e puntando gli occhi sul soffitto come per inseguire un pensiero.

"Sai, con te sono stata bene. Mi facevi divertire."

"Certo. La nostra relazione è stata un susseguirsi di risate. Ma torniamo seri. Ho qui il referto delle radiografie..."

"Scusa, posso fumare?"

"No che non puoi. Anzi dovresti smettere per quello che sto per dirti".

Il volto di Marina si fa cupo offrendomi di nuovo quella tristezza che avevo colto fin dal suo ingresso nello studio. Comincia a tossire tenendosi una mano sul petto.

"Stai bene? Vuoi un bicchiere d'acqua?"

"No grazie. Dimmi tutto. Quanto tempo mi resta da vivere?"

"Non molto se continui ad agitarti. Scherzo. Hai un sospetto carcinoma al polmone destro. Le lastre le ho lasciate a casa ma te le farò avere al più presto. Comunque devi sottoporti ad una serie di analisi per confermare la diagnosi".

Tante volte ho dovuto comunicare ai miei pazienti notizie di questo genere. Nei loro occhi leggevo la stessa espressione di struggente rassegnazione che adesso colgo nello sguardo spento ed angosciato di Marina. È come se prima ancora della diagnosi ufficiale, il paziente sapesse già dentro di sè la natura e la causa della sua malattia.

"Questo include anche la chemioterapia?"

"Penso proprio di sì, ma è ancora presto per parlarne. Prima devi farti le analisi".

Marina si alza e prende a girare per la stanza stropicciandosi le mani in evidente stato di agitazione. La lascio fare. In casi del genere il medico è un po' il confessore del paziente, sta in silenzio ad aspettare che il momento di sbandamento passi.

"Me lo sentivo."

"Cosa?"

"Sentivo che per me sarebbe andata così. Non ho paura della morte, ma delle cose che devo ancora fare e che non so se riuscirò a realizzare".

È sincera e non posso che darle ragione. Se capitasse a me di non avere molto da vivere, mi preoccuperei principalmente di portare a termine i progetti già avviati in cui ho fortemente creduto. Certo, non sono sposato e nemmeno ho figli, non ho nessuno a casa che mi aspetta, a parte l'amante di turno o qualche amico con cui passo il tempo nelle tante serate frivole che si dimenticano in fretta dopo l'ultimo sorso di birra. Ma credo che ciascuno di noi si faccia la propria vita su misura, secondo le proprie aspettative e bisogni; la vita, per quanto sia scontato dirlo, è un bene infinitamente prezioso.

Provo ad incoraggiare Marina che adesso è tornata a sedersi infilandosi i guanti e il cappello. Sembra di nuovo la dama raffinata e composta di dieci minuti fa.

"Credo che adesso tu stia correndo troppo."

"Tesoro mio, ho superato abbondantemente l'età dell'incoscienza. So perfettamente cosa significa avere un cancro ai polmoni. C'è già passato mio padre ed è *finito* nel giro di qualche mese."

"Non è provato che questo genere di tumori sia ereditario. E poi, ripeto, devi ancora sottoporti ad altre analisi".

So di mentire. Il cancro che le ho diagnosticato non lascia scampo, sebbene la medicina abbia fatto passi da giganti con terapie più evolute ed efficaci di un tempo.

Marina sembra rassicurata dalle mie parole, mi stringe la mano e mi guarda con la stessa intensità con la quale, ai tempi della nostra frequentazione, mi faceva intendere di voler fare l'amore.

"Sai che non ti ho mai dimenticato?"

"Marina, è stato tanto tempo fa.", rispondo imbarazzato.

"Ma è stato bello e intenso. Se potessi tornare indietro..."

"E invece devi andare avanti, curarti."

La vedo alzarsi e avviarsi spedita verso la porta. Prima di girare la maniglia si volta verso di me abbozzando un sorriso: "Sei ancora bello come il sole".

XI

Il sesso non è amore

Sono finalmente a casa.

Il convegno all'università sull'evoluzione delle tecniche radiografiche è durato più del previsto ed io sono letteralmente distrutto. Ma è stato interessante illustrare l'argomento davanti a un folto pubblico di uditori, spiegare con l'ausilio di diapositive le ultime novità scientifiche, interagire con gli intervenuti e dispensare al termine del seminario strette di mano e abbondanti sorrisi.

Quello dell'insegnamento è un aspetto del mio lavoro che prediligo particolarmente perché mi permette di relazionarmi con le persone in maniera diretta e meno professionale, meno ancorata ai protocolli tipici del mio ruolo di medico che impongono, giocoforza, una certa equidistanza dal paziente. E poi si ha il vantaggio di fare il punto della situazione sullo stato dell'arte dei propri studi e ricerche, confrontarsi con altri colleghi, stimolare la riflessione e il coinvolgimento degli studenti come è accaduto al convegno di oggi.

Quando ho parlato, ad esempio, delle nuove tecniche sui contrasti di luce per la decifrazione delle immagini radiografiche, sono entrato quasi in catarsi e per un momento ho ripensato alla mia esperienza nel collegio di Rosental, quando con il prof. Schoengen mi piaceva interloquire e saggiare la mia preparazione.

Già, il professor Schoengen! Quanto tempo è passato dal suo terribile suicidio che ha segnato definitivamente la sua (e la mia) vita!
Scaccio questo pensiero come una mosca al naso e mi butto sul divano sbottonando la camicia e allentando la cravatta.

La mia è proprio la casa di un uomo solo. Piuttosto povera di arredi, se si eccettua un ampio divano che occupa metà della sala, un tavolo con quattro sedie e una libreria che ho usato come parete divisoria della piccola cucina nella quale ci ho messo tutti gli elettrodomestici di pronto utilizzo: un frullatore, un tostapane, una macchina per il caffè, un forno microonde e un frigo pieno di bibite e scatolame. La camera da letto è invece un'alcova per le mie notti a luci rosse: pareti dipinte di rosa, un letto grande e un armadio a specchi dove si riflettono i corpi nudi delle mie amanti e dove posso consolarmi, quando sono un po' giù, della mia florida bellezza.
Qualcuno arriva alle mie spalle mettendomi le mani sugli occhi.
"Indovina chi sono?"

"Ausilia, la donna delle pulizie".

Mi arriva una manata in testa e l'ospite deluso si presenta ritto davanti a me. È una donna molto diversa dalla pudica e confortante Ausilia: mora, tutta curve e un fisico che parla da sé, come un messaggio visivo che ammalia e confonde le menti.

"Da dove sei sbucata?" chiedo.

"Ho le chiavi, non ricordi?"

Gisella si siede sulle mie gambe e comincia ad accarezzarmi infilando la mano sotto la camicia. La lascio fare per un po', poi decido di liberarmi delle sue incalzanti *incursioni* dichiarando di essere stanco e di non avere molta voglia.

"Vuoi che ti faccio un massaggio?"

"Sai bene come andrebbe a finire".

Per la prima volta non sono attratto dal sesso. In altri momenti sarebbe bastato poco lasciarmi andare e assecondare la partner di turno con amplessi reiterati che si prolungavano fino all'alba quando, finalmente, ci si addormentava sfiniti e appagati. Il solito tran tran della mia erotomania iniziata tanto tempo fa e facilitata in tutto e per tutto da donne consenzienti, sempre disponibili e dedite a stuzzicare le più curiose fantasie erotiche.

Come ho già detto, il fascino della mia bellezza è stato nell'insieme un privilegio e un fardello che mi sono portato addosso e che adesso, con l'ennesima profferta dell'amante di turno, comincio a sentirne tutto il peso come se avessi una zavorra. Forse è la nausea che si prova quando si fanno le stesse cose, s'interpreta lo stesso ruolo che ad un certo punto comincia a starti stretto e vorresti liberartene per indossare i panni di un'altra persona. Ma so che questa trasposizione è impossibile perché la strada che ho imboccato, una volta lasciato il collegio di Rosental, è una di quelle che non permette deviazioni, né variabili che possano scardinare l'etichetta dell'uomo bello e prestante, sempre pronto a soddisfare e a ricevere nello stesso tempo linfa dalle proprie prestazioni.

Mi sono convinto negli anni che l'esistenza di ciascuno di noi è fortemente condizionata da ciò che riesce ad ottenere dal consenso sociale. Una sorta di termometro che agisce in risposta agli impulsi che diamo e che riceviamo, come una corrente di ricircolo che si espande e si restringe senza mai cambiare il verso del proprio movimento. Nel mio caso sono state le donne le principali manovratrici e rivelatrici di questo termometro, pronte a servirsene per il loro (e per il mio) compiacimento. Il tutto recitando una parte in cui ciascuno, conoscendo a memoria il proprio copione, agisce in maniera del tutto spontanea e senza il minimo rischio di restarne deluso. Proprio come in questo momento in cui

Gisella, non prendendo sul serio il mio rifiuto, riprende il suo antico gioco erotico sbottonandomi i pantaloni per iniziare quell'esercizio che ho visto fare tante volte.   Decido di non oppormi più e di chiudere gli occhi abbandonandomi come un ubriaco fradicio al mio delirio di onnipotenza.

Sento il mio respiro ansimare ed è come una medicina che stordisce e non fa ragionare. Ma proprio all'apice del mio piacere si sprigiona dalla mia mente l'improvvido pensiero:

'Questa è l'ultima volta che mi lascio andare …'

XII

Perfido!

La riunione che il dr. Galimberti, direttore sanitario della clinica, ha convocato per le dieci di stamani, si preannuncia molto interessante e sotto certi aspetti decisiva per gli sviluppi della mia carriera. L'ho intuito dall'ordine del giorno ("Riorganizzazione dei servizi"), che mi ha fatto pregustare quel riassetto delle competenze direttive cui auspico da tempo. Ho iniziato come responsabile di una struttura ben definita nei ruoli e nelle attribuzioni, pensavo di dover attendere molto tempo prima che venisse attuato un certo ricambio nell'area direttiva.

Il mio collega Osvaldo, apprezzato cardiologo con un'esperienza ventennale alle spalle, è considerato fra i più papabili alla conduzione della clinica, almeno a giudicare dalle voci di corridoio che sono circolate in questi giorni. Semprechè sia fondata l'ipotesi che il dr. Galimberti abbia deciso davvero di *abdicare* o di trasferirsi altrove. Ma ho dalla mia una buona carta da giocare che tirerò fuori non appena la discussione dovesse portare a questa scelta.

Alle dieci in punto entro nella sala riunioni e mi accomodo su una poltrona sistemando il mio computer portatile sul tavolo con aria tranquilla e disinvolta. Accanto a me c'è Osvaldo che mi lancia un sorrisetto come a dire di essere già sicuro delle decisioni a lui favorevoli. Ricambio il sorriso con la stessa ironia e do un'occhiata agli altri convitati, che intanto prendono posto intorno al grande tavolo di marmo nero fatto realizzare apposta dal dr. Contini, il medico fondatore della clinica e marito della Tocci. Sono tutti colleghi che conosco, alcuni da vecchia data, altri da meno tempo per essere stati assunti dalla clinica qualche anno dopo il mio incarico in occasione del piano di revisione aziendale finanziato in gran parte con i fondi dell'Unione Europea. Con nessuno di loro ho un grande legame, se si eccettua una breve relazione con un paio di colleghe finita nel giro di una notte e senza traumi.

Dopo qualche minuto ecco apparire da una porta laterale il dott. Galimberti con la sua fedele valigetta e un soprabito piegato su un braccio come se fosse sceso da poco da un aereo. È direttore sanitario da oltre dieci anni, da quando cioè lo stesso Contini fu costretto a lasciare il comando dopo una rovinosa caduta da un cavallo che lo ha reso infermo alle gambe.

"Buon giorno a tutti. Grazie per aver aderito a questa riunione. A occhio credo che non manchi nessuno". In effetti ci sono proprio tutti: la dott.ssa Bilardi, responsabile del reparto di ginecologia, molto apprezzata ma un tantino nevrastenica, forse a causa del numero imprecisato di vagiti cui ha dovuto assistere; il dott. Sepe, responsabile del reparto di odontoiatria, che sembra avere la puzza sotto il naso per quell'aria di supponenza verso i propri collaboratori e colleghi; il dott. Russo, responsabile dell'oncologia medica, dalla faccia sempre sorridente nonostante i risvolti tutt'altro che allegri della sua professione; la dott.ssa Cetti, responsabile del reparto di oculistica, precisa come un contagocce e puntuale come un orologio svizzero; il dott. Pisapia, responsabile del reparto urologia, noto per la sua predilezione ai trattati sulle patologie urologiche; la dott.ssa Bruna, responsabile delle malattie dell'apparato respiratorio, dai capelli rossicci e dalla pelle chiarissima a dispetto del nome; il dott. Pieri, ovvero Osvaldo, responsabile delle malattie cardiovascolari e infine il sottoscritto, responsabile della diagnostica per immagini.

"Inizio senza troppi preamboli". La voce del dott. Galimberti è ferma e stentorea.

"Ho programmato un viaggio in America per alcuni seminari e per un po' dovrò allontanarmi dalla clinica".

'*Addio dimissioni o avvicendamento nei ruoli direttivi*', penso tra me mentre osservo gli altri che sembrano al pari delusi dalla notizia.

"Qualcuno di voi dovrà sostituirmi. Lei, dottor Russo, è impegnato nella direzione dell'appalto per la ristrutturazione dell'ala ovest della clinica. Non vorrei distoglierla da questo impegno."

"Nessun problema direttore, ci sono i tecnici per questo."

"Lo so. Ma preferisco che segua personalmente l'andamento dei lavori. Lei, dottor Pisapia, si sta preparando per l'uscita del suo nuovo libro e immagino che sarà impegnato per un bel po'."

"In verità", risponde quest'ultimo, "posso tranquillamente fare entrambe le cose."

"Davvero? Con tutti i permessi che mi ha chiesto negli ultimi tre mesi non si direbbe proprio". Il tono sferzante del dott. Galimberti è un pugno nello stomaco per il dott. Pisapia che si ritrae nella sua poltrona come una tartaruga nella sua corazza al passaggio di un animale grosso e minaccioso.

"Quanto a lei, dottor Sepe, sono al corrente dei suoi problemi familiari e nemmeno glielo chiedo". La figlia del dott. Sepe è anoressica. Si dice che sia in perenne competizione con sua madre, molto bella e avvenente, che gioca ancora a fare la ragazzina.

Finora lo psicologo di famiglia ha fatto una fortuna tra sedute e terapie varie.

"Non mi rimangono che il dottor Pieri e il dottor Marini ..."

"Un momento!"

La voce imperiosa della dott.ssa Bruna fa trasalire tutti, anche me, che per sbaglio schiaccio il pulsante d'invio a un messaggio di posta che non ho finito di scrivere.

"Cosa intende con quel *'Non mi rimangono?'* Ha finora fatto l'appello dei soli maschietti. Non ha dimenticato qualcuno?"

"Dottoressa Bruna, sa bene quello che ho fatto per rendere paritaria e senza alcuna preclusione la carriera dei medici donna di questa clinica. Lei è qui da appena due anni e in poco tempo le è stata affidata la conduzione di un intero reparto. Mi pare che per il momento basti".

Il tono formale e distaccato del dott. Galimberti ha l'effetto di far ammutolire anche una delle più accanite femministe come la dr.ssa Bruna. Piomba per un attimo un silenzio intenso e imbarazzante che sembra durare un'eternità.

"Dicevo, rimangono il dottor Pieri e il dottor Marini. Lei, dottor Pieri, ha lavorato bene, sempre puntuale, solerte e con molti pazienti al suo seguito. Insomma, ha un curriculum di tutto rispetto".

Se un pavone potesse sorridere e parlare avrebbe il viso e la voce di Osvaldo.

"Troppo buono direttore. Diciamo che me la cavo."

"Se la sente di sostituirmi per alcuni mesi?"

"Penso di sì."

A questo punto faccio la mia entrata in scena tirando dalla manica la carta che avevo deciso di giocare.

"Oh, il dottor Pieri è sicuramente un'ottima scelta. Anche se dovrà affrontare un problema che non sottovaluterei."

"Quale problema?" domanda sorpreso il dott. Galimberti.

"Vede", dico rivolgendomi al direttore dopo un'occhiata furtiva al mio collega:

"Ho ricevuto in queste ore una *e-mail* del Sig. Petracchi, mio carissimo amico, il quale mi preannuncia un'azione legale nei confronti della clinica."

"Quale azione legale?", tuona il direttore.

"Purtroppo Osvaldo, sei tu il diretto interessato. Avresti diagnosticato al figlio del Petracchi un soffio al cuore trascurabile rilasciando il certificato di idoneità per l'attività di basket. Ma durante una partita il ragazzo si è accasciato a terra ed è stato trasportato all'ospedale. Pare che si tratti di infarto."

"Che stai dicendo?" Il viso di Osvaldo si fa prima rosso, poi paonazzo.

"Intendiamoci", proseguo imperturbabile, "è un'accusa tutta da dimostrare."

"Mi faccia vedere." Giro il computer verso il dott. Galimberti, che intanto si è seduto accanto a me e clicco sull'e-mail che ho accuratamente salvato e messo in evidenza.

"Cosa mi dice dottor Pieri di questa cosa?"

"Dico che è una sciocchezza. Il ragazzo quando l'ho visitato stava benissimo e non presentava alcuna sintomatologia da infarto."

"Sì, ma questa faccenda è molto imbarazzante per la clinica …."

"Dottor Galimberti ha appena finito di dire che apprezza il mio lavoro e il mio curriculum. Crede davvero che io abbia commesso un errore così banale?"

"Non lo penso ma è comunque molto imbarazzante. Quando è arrivata questa e-mail?"

"Ieri pomeriggio," rispondo con calma serafica, "al mio indirizzo di posta personale."

"C'è sempre l'assicurazione …", propone il dott. Sepe.

"Quale assicurazione?"

Osvaldo si alza stizzito rivolgendomi un'occhiataccia che farebbe intimidire chiunque ma non me. Resto impassibile come negli anni del collegio in cui reagivo con la stessa espressione sorniona alle minacce esplicite o velate di Rudolf.

"Si dà per scontato che io sia già il responsabile di questa faccenda?"

Il dott. Galimberti si affretta a precisare:

"Qui nessuno la sta accusando dottor Pieri. Comprenderà, tuttavia, che questa notizia cambia un po' le cose. Dobbiamo capire, approfondire, ma soprattutto tutelarci. L'immagine della clinica non può e non deve essere messa in discussione. Mi prepari subito una relazione che intanto sento il nostro legale. Dottor Marini …"

"Sì?"

"Desidero ringraziarla e la prego di dire al suo amico che questa clinica esaminerà la questione con tutta l'attenzione del caso. Dobbiamo muoverci con molto tatto e discrezione."

"Lo farò senz'altro."

"Bene. La seduta è aggiornata, comunicherò fra qualche giorno il nome del mio sostituto".

Così dicendo il dott. Galimberti abbandona la sala con il volto visibilmente turbato.

Restiamo per un momento in silenzio, immobili come il fotogramma di un film fermo sullo schermo in attesa di riprendere a girare. Il primo a *muoversi* è Osvaldo che mi sferra un pugno in faccia, facendomi cadere dalla poltrona.

"Bastardo! Potevi parlarmene invece di spifferare tutto al capo".

Segue uno stato di agitazione generale. Il dott. Sepe e il dott. Russo si mostrano i più reattivi facendosi scudo tra me e Osvaldo. La dott.ssa Belardi sbraita qualcosa del tipo "Siete tutti matti?", mentre il dott. Pisapia e la dr.ssa Bruna mi aiutano a rialzarmi.

"Stai bene?", fa quest'ultima.

"Non è niente.", rispondo mentendo. In realtà ho un forte bruciore alle labbra e mi sento tutto stordito. Mi passo una mano sulla bocca e scopro che perdo sangue.

"Vieni", mi esorta la dott.ssa Bruna, "ti portiamo in infermeria".

Mi avvio all'uscita sorretto dai miei baldi soccorritori, mentre Osvaldo, tenuto a debita distanza da me, riprende a inveirmi: "Ora sarai contento di essere entrato nelle grazie del capo. Sei proprio un perfido!"

XIII

La lettera

Sono diventato il pupillo del dott. Galimberti, ho ottenuto l'incarico di occuparmi di un progetto particolarmente ambizioso, che è quello della ridefinizione delle liste di attesa secondo nuovi standard di efficienza e di qualità. Dovrei essere contento e orgoglioso per questo risultato che potrebbe aprirmi le porte verso una luminosa carriera direttiva in una delle cliniche più prestigiose di Milano. E invece sento che qualcosa sta cambiando dentro di me. Come una pulce che si è insinuata nel mio interno procurandomi solletico, prurito, fastidio. Quando è cominciato tutto questo? Forse dalla mia perfidia nei confronti di un collega, Osvaldo, verso il quale non ho mai provato grande simpatia, ma nemmeno quel sentimento di avversione da giustificare il mio comportamento, cinico e da opportunista, nella vicenda Petracchi. O forse è iniziato dopo i primi segnali di una certa stanchezza e repulsione verso l'ennesima prestazione erotica con l'amante di turno. O forse, ancora, dopo l'incontro con Marina nel mio studio che mi ha comunicato di avere in serbo chissà quali cose da portare a termine, facendomi intendere di quanto sia breve ed effimera la vita.

Sono a letto, ancora vestito con giacca e cravatta, le mani sotto la testa a fissare il soffitto completamente immerso in pensieri disordinati che non hanno una direzione precisa. E sono pensieri che si perdono sul nascere fino a procurarmi quella sgradevole sensazione di non aver pensato a niente.

Amnesia temporanea!

Sarebbe auspicabile che si prolungasse di più fino a diventare permanente.

Credo che i pensieri siano la prima spia dell'invecchiamento. Quando sono pochi, leggeri, effimeri, hanno il pregio di non incidere perché guidati dall'istinto, dalla spontaneità delle azioni e delle intenzioni, atteggiamenti tipici di quando si è ragazzi e ci si affaccia alla vita più con la curiosità di scoprire che di ragionare. Quando diventano tanti, troppi, si comincia a sentire il loro peso e allora tutto il corpo sembra incurvarsi come una sorta di senile e inevitabile trasformazione. È un po' come accade per le malattie somatiche: sono i pensieri, le impressioni, le temute patologie che ruotano in continuazione nella nostra mente fino a farci sentire malati di qualcosa che non esiste. Nel mio caso la malattia, di cui credo di avvertire i primi sintomi, è l'invecchiamento precoce prodotto proprio dai pensieri, parole mute e vaghe che si annidano e si moltiplicano nella mia mente come le cellule impazzite di un tumore. Fino adesso ho potuto liberarmi dei pensieri lasciandomi guidare e sopraffare dalla mia bellezza, indiscutibile e prorompente. Bastava guardarmi allo specchio e cogliere la perfezione dei lineamenti del viso, constatare il fisico asciutto e muscoloso per recuperare tutte le energie di cui avevo bisogno. Un esercizio che mi permetteva di scacciare i pensieri più reconditi, le domande più scomode cui preferivo non dare risposta, accantonandole in qualche luogo nascosto della mia memoria. Insomma, la forza della mia bellezza è riuscita finora ad offuscare l'essere in luogo dell'apparire, grazie anche alla sua capacità attrattiva verso la gran parte delle persone che ho incontrato e che in me non hanno visto altro che questo.

Ma proprio lo specchio, di cui mi sono servito finora per inebriarmi della mia apparente beatitudine, ha cominciato a *parlarmi*, a farmi intendere qualcosa che non avevo notato o che forse avevo volutamente ignorare. È stato dopo il pugno di Osvaldo. Quel giorno, in infermeria, mi sono guardato allo specchio per dare una controllata al viso. Avevo la bocca sanguinante nonostante il tampone d'ovatta che l'infermiera di turno si era premurata di imprimere sulle mie labbra. Ed è stato proprio in quel momento che lo specchio mi ha *parlato* offrendomi un'immagine distorta, annebbiata, non più limpida e lineare, come se la parte in cui si rifletteva la mia persona non mi somigliasse più e che tutto ad un tratto avessi perso le mie certezze. Mi sono ripreso solo grazie a uno sguardo, quello di Selvaggia, accorsa ad assistermi, accompagnato da una carezza che mi ha fatto intendere di essere ancora bello e desiderabile. E così, mentre la sua mano mi solleticava delicatamente il viso, ho tirato fuori istintivamente la lingua che si è insinuata nel palmo della mia adoratrice come un serpente tentatore. Ho visto Selvaggia ritirare subito la mano e diventare tutta rossa. Ma proprio in quel rossore ho ritrovato tutta la mia vanità perduta, accontentandomi dell'unica persona che in quel momento sarebbe caduta ai mie piedi se solo avessi battuto ciglio.

Il campanello d'ingresso mi distoglie da queste strane elucubrazioni.

Sarà Gisella? Non può essere, ha le chiavi. Ausilia? È venuta stamani per le pulizie.

Ma allora perché non scoprirlo semplicemente aprendo la porta?

Il campanello continua a squillare. "Un momento!", dico distrattamente e subito me ne pento. Il visitatore avrebbe potuto stancarsi pensando che non ci fosse nessuno in casa. Spalanco la porta e mi trovo davanti una donnina di mezz'età, minuta, sobria, vestita completamente in nero e con una borsa a tracolla.

"Dottor Marini?"

"Sì?"

"Mi scusi se la disturbo. Sono Bianca, la domestica della povera signora Tocci."

La guardo stralunato e non dico niente.

"La signora Tocci.", ripete, "Lo sa che è morta due giorni fa?"

"Si certo. Entri pure." La faccio accomodare in soggiorno e la osservo attentamente mentre sono seduto accanto a lei sul divano. Ha qualcosa di familiare, come se l'avessi già vista da qualche parte.

"Noi due ci conosciamo?", azzardo.

"Penso proprio di sì dottor Marini. Ricorda quando frequentava la povera signora Tocci? Ero io la domestica che vi portava il caffè nelle pause di studio".

Ma sì! Bianca, la governante di Marina. L'avevo completamente dimenticata come la nostra fugace relazione.

"Ora ricordo. È passato tanto tempo."

"Già! Io sono stata per la signora Tocci come una mamma. L'ho seguita anche quando si è sposata ed è andata a vivere nella villa del dott. Contini".

Le chiedo se posso offrirle qualcosa.

"La ringrazio, ma non posso trattenermi. Ecco". Tira fuori dalla borsa una busta gialla chiusa, di quelle comunemente definite *commerciali* e me la porge.

"È una lettera che la povera signora Tocci mi ha raccomandato di consegnare personalmente a lei dopo la sua morte."

"Una lettera? E perché?"

"Non so dirle altro. Ora devo proprio andare".

Rimango impalato al centro della stanza con il misterioso plico tra le mani. Non mi accorgo neppure dell'uscita di Bianca, se non dopo aver sentito sbattere la porta d'ingresso. Mi siedo sul divano e apro la busta. C'è una foto e una lettera. La foto è di una ragazzina sui sedici anni con lo zaino a tracolla, molto carina, in posizione di attesa alla fermata del bus. Spiego la lettera e comincio a leggere:

"Caro Edo, perdonami se sono ricorsa a questa lettera per dirti quello che non avrei mai avuto il coraggio di confessarti guardandoti negli occhi. La malattia mi sta consumando tutta e sento le forze venir meno ogni giorno che passa. Così non ho avuto altra scelta che utilizzare questo mezzo approfittando delle volte in cui sono stata lucida ed ho potuto sopportare gli affanni e il dolore di questo maledetto cancro.

Dopo la nostra relazione ho scoperto di essere incinta. Quando mio padre l'ha saputo è scoppiato il finimondo.

Sai che la mia famiglia è molto ricca e sognava per me un matrimonio da favola con qualcuno del nostro rango. Così, mio padre ha cercato prima di farmi abortire, ma una volta saputo che avrei rischiato la vita per una malformazione all'utero, mi ha costretta a portare avanti la gravidanza isolata da tutti, per poi partorire e consegnare il bambino a un orfanotrofio.

Con le immense ricchezze della mia famiglia è stato facile trovare un istituto che si occupasse della faccenda con la massima discrezione. In quel periodo ero completamente soggiogata dalla mia famiglia, mi sentivo come una larva incapace di pensare e di reagire.

È nata una bambina, la nostra bambina, che i miei nemmeno mi fecero vedere.

Mi sono sposata con Contini, il patron della clinica dove lavori, tutto secondo il volere dei miei genitori e per un po' mi sono adeguata alla vita che mi era stata imposta pur portandomi dentro questo grande fardello.

Ma il rimorso non si consuma mai e non c'è alcuna cura per rimuoverlo. Per tutti questi anni non c'è stato un giorno in cui non abbia pensato alla nostra bambina. Dopo tante ricerche e con l'aiuto di un investigatore ho scoperto di recente che Dorina, come risulta all'anagrafe di chi l'ha adottata, vive a Monza e frequenta il quarto anno del liceo scientifico. È la ragazza della foto che trovi allegata a questa lettera. La malattia mi ha impedito di conoscerla, farle sapere chi sono e implorarle il perdono.

Lascio a te la scelta: ignorare questa lettera, buttarla via o portare a termine quello che non sono riuscita a fare.

Quei pochi mesi in cui è durata la nostra relazione sono stati i più belli e i più intensi di tutta la mia vita. Posso dire di essere stata veramente me stessa anche se purtroppo, dopo la nostra storia, son dovuta diventare un'altra persona. Una debolezza che ho pagato a caro prezzo.

So che avrei dovuto parlartene subito, farti sapere che la bambina che aspettavo era tua figlia. Ma sono stata completamente in balia di mio padre e non ho saputo reagire, ribellarmi a quella che è stata la mia vita. Per questo ti chiedo di perdonarmi e ti sarò grata per quello che riuscirai a fare quando non ci sarò più."

Marina

XIV

Monza

Da quattro giorni ho cambiato il mio orario di lavoro. Nella fascia 12.00/14.00 ho cancellato tutti gli impegni presi e fatto in modo che non ve ne fossero altri almeno per un po'.

Selvaggia, da perfetta organizzatrice, è riuscita a rimodulare i miei appuntamenti, visite e conferenze con un calendario che ha previsto l'aggiunta di un'ora al pomeriggio e di un'altra al mattino anticipando l'orario d'ingresso alla clinica.

Perché questo cambiamento?

E soprattutto perché all'ora di pausa mi ritrovo puntuale davanti ad un liceo di Monza per attendere all'uscita una ragazzina che dovrebbe chiamarsi Dorina, la mia figlia segreta?

Avrei potuto ignorare completamente la lettera di Marina, appallottolarla e gettarla nel cestino come si fa con le cose che non interessano.

Questo perché non sono affatto sicuro che Marina abbia detto la verità in quella confessione epistolare in cui tutto poteva essere discutibile, compresa la mia paternità.

Ho ricordato la breve relazione con Marina ai tempi dell'università. È vero, tra noi c'è stato sesso sfrenato, libero e senza precauzione alcuna, a parte quella di evitare ogni rapporto nei giorni così detti. a *rischio* secondo il ciclo mensile di Marina che era regolare e puntuale come un orologio svizzero. Del resto a quei tempi la mia partner non aveva mostrato alcun turbamento che potesse alludere anche solo vagamente ad una gravidanza inattesa e indesiderata. La nostra relazione, spensierata e sbarazzina, si era dissolta naturalmente come succede per le cose che a un certo punto non piacciono più e finiscono senza accorgersene.

Ma si sa che quando il dubbio s'insinua all'improvviso, è capace di minare qualsiasi certezza. Così verso le 12:45 di ogni mattina mi ritrovo con la mia macchina nelle vicinanze del liceo "Enrico Fermi" ad attendere il suono della campanella e subito dopo un nugolo di studenti che si accalcano all'uscita rumorosi e festanti. Tra loro scorgo una ragazza bruna, molto somigliante a quella della foto di Marina, che si stacca dal gruppo, si avvicina quasi rasente alla mia auto, mi sorride e poi prosegue diritto verso la fermata del bus. Un rituale che si ripete sistematicamente ogni mattina, a cui non so più rinunciare a costo di sembrare uno di quegli adescatori di ragazzine che aspettano l'occasione

giusta per portarsele nei luoghi della perdizione. Cerco di assumere un'aria tranquilla e disinvolta, fingo di leggere il giornale o di fumare distrattamente una sigaretta come fanno tanti papà che aspettano impazienti i loro figli lungo una fila di macchine posteggiate davanti al cancello della scuola. Come oggi che alle 13:00 in punto sento suonare la campanella e gli studenti riversarsi sulla strada come tante pecorelle uscite dal gregge. E anche oggi la ragazzina bruna si stacca dal branco e si avvicina alla mia macchina, ma stavolta anziché sorridermi e tirare diritto china il capo verso il finestrino dal lato opposto alla guida. Abbasso il vetro e una voce squillante mi dice:
"Me lo dai un passaggio?"
Per un attimo penso di girare la chiave, mettere in moto la macchina e scappare via a tutta velocità. Invece acconsento, apro lo sportello e la ragazza si sistema sul sedile accanto a me appoggiando lo zaino sul tappetino.
"Grazie per il favore. Oggi c'è lo sciopero dei bus."
"Dove abiti?"
Mi indica la strada e si sfila il golfino dichiarando di avere caldo. Con la coda dell'occhio la vedo sganciare un bottone della camicetta, girarsi verso di me e con una mano fare il movimento del ventaglio.
"Oggi fa proprio caldo".

Sembra una donna navigata che sa il fatto suo a dispetto dell'aria da scolaretta e da finta ingenua che la presenza di oggetti, come lo zaino o di segni inconfondibili come le tracce d'inchiostro sulle mani, paiono rivelare. Ma è un'apparenza sconfessata dall'atteggiamento affatto insicuro della ragazza che ora sembra a proprio agio squadrandomi dalla testa ai piedi come se fossi un esemplare da esaminare con cura e circospezione.

"Sei nuovo di queste parti? Ti ho notato solo da pochi giorni."

"Nulla di strano. Ho un amico che mi ha chiesto di controllare che suo figlio dopo la scuola prenda l'autobus e non se ne vada in giro."

"Davvero? Ma come ti ho detto, oggi gli autobus sono fermi. Non hai pensato di dargli un passaggio?"

"Infatti non l'ho visto. Sarà rimasto a casa."

"Invece penso che tu stessi aspettando proprio me."

"Dici? E cosa te lo fa pensare?"

"Suvvia, non sono nata ieri.", mi fa con quella solita aria da donnina vissuta mentre dovrebbe avere, in base alla classe che frequenta, poco meno di diciassette anni.

"In questi giorni ci siamo sempre incrociati con lo sguardo. Mi hai sorriso e ti ho sorriso. Sai perché sono così sicura?"

"Dimmi pure *Sherlock Holmes*.'"

"Una volta mi sono nascosta nel gruppo dei miei compagni e ho tardato ad uscire fuori per vedere la tua reazione. Hai allungato lo sguardo per vedere dove fossi finita. Quando mi sono staccata ti sei subito ricomposto, hai preso il giornale fino a coprirti il viso, ma quando lo hai abbassato ecco che i nostri sguardi si sono incrociati. Ho capito subito che eri lì proprio per me."

"Io invece penso che ti stai sbagliando di grosso. E poi perché sarei qui per te?"

"Questo dovresti dirmelo tu. Ma non mi dispiace, anzi".

Di nuovo quel sorriso da civettuola che mi procura turbamento e imbarazzo. Mi ero riproposto di agire con discrezione e cautela e invece sono stato preso in castagna da una ragazzina che non disdegna di farmi le avances con un approccio disinibito e, a sua insaputa, incestuoso.

Provo a sviare la discussione.

"Come ti chiami?"

"Dorina, ma per gli amici sono Dori. Tu?"

"Edoardo, ma puoi chiamarmi Edo."

"Edo e Dori, sembrano due personaggi usciti da una favola. Fermati qui che sono arrivata".

Ho accostato la macchina davanti ad un antico palazzo di via Battisti, a pochi passi dalla Villa Reale.

"Abiti qui?"

"Ti piace?"

"Te la cavi bene."

"Senti, perché non sali su un momento? Facciamo due chiacchiere, ti offro qualcosa e così mi sdebito del favore."

"Ma… vivi da sola?"

"Mia madre è al lavoro e non tornerà prima delle quattro."

"E tuo padre?"

"Morto da qualche anno e non ho fratelli o sorelle. Siamo soli." Dorina mi strizza l'occhio ed io arrossisco come un ragazzino. Parcheggio l'auto e dopo cinque minuti mi ritrovo nel suo soggiorno di casa.

XV

Sodoma

"Mettiti comodo che arrivo subito". Mi siedo su una poltrona e osservo la stanza ampia e colorata con pareti tappezzate di quadri di donne nude e sorridenti, mobili bassi con vetro laminato e al centro un tavolo tondo sul quale troneggia un vaso di fiori gialli e rossi. Noto una quantità di divani sparsi non solo nella sala ma anche nel lungo corridoio all'ingresso e la presenza di questi mobili mi fa pensare, chissà perché, a Sodoma, la città che nella Bibbia viene descritta come luogo di perdizione i cui abitanti solevano abusare degli ospiti infrangendo ogni regola divina.

Ora si sa che il divano è un arredo tipico sul quale si fa accomodare le persone che si ospitano, insomma il primo mobile della casa che normalmente si fa occupare quando si riceve qualcuno. Ho avuto la netta sensazione che la casa di Dorina fosse, come la città di Sodoma, un luogo per la mercificazione del sesso o, se vogliamo stare al paragone dei giorni nostri, una *garconniere* allestita a puntino per gli incontri amorosi. E l'abuso perpetrato nei confronti degli ospiti, comportamento tipico degli abitanti di Sodoma, qui si rinviene non certo nel piegarli alla loro volontà, dato che i frequentatori sono anch'essi consenzienti, quanto piuttosto nella disinibizione dissoluta e dissacratoria di chi è pronto ad accoglierli. Insomma, la regola della sacralità dell'ospite, nelle case come quella di Dorina, sarebbe costantemente infranta con un rituale libidinoso preannunciato e favorito da un arredamento ad hoc volutamente allegorico.

Vado alla finestra e scorgo tra le tende un pezzo di Villa Reale e una fila di macchine in attesa al semaforo. Il sole, sbucato a metà da un angolo dello storico palazzo, disegna strani contorni di luce che si riflettono sulle facciate delle case di via Battisti come un arcobaleno dopo la tempesta. D'improvviso sento qualcuno da dietro le spalle che mi accarezza delicatamente e mi sbottona la camicia cercando di intrufolare le mani al suo interno con fare esperto e deciso. Mi giro di scatto e vedo Dorina, bella come il sole, che mi sorride provando ad accostare le sue labbra alle mie.
"Che fai?"
"Quello che vedi. Rilassati."
"Ma sei poco più di una bambina, potresti essere mia figlia." Frase sibillina che mi fa ricordare il motivo

della mia missione, ovvero scoprire tutto sulla mia paternità.

"Sediamoci sul divano", propongo, "e raccontami di te". Dorina mi guarda interdetta come se parlassi una lingua diversa dalla sua, ma accetta di sedersi accanto a me accavallando le gambe e tirandosi la gonna fin quasi all'inguine come a farmi intendere di essere lì per questo.

"Cosa vuoi sapere? Ci siamo già presentati, dovrebbe bastarti."

"Fai così con tutti?"

"Non amo perdere tempo."

"Lo sai che queste cose non si fanno e alla tua età sono un reato?"

"Chi sei? Un ispettore di polizia?"

Stavo per dire '*Sono tuo padre*', ma mi sono trattenuto e ho proseguito.

"Tua madre sa quello che fai?"

"Auffa, cosa sono tutte queste domande?" Poi mi prende sotto braccio e mi sussurra: "Ma non ti piaccio? Di' un po', non è che sei frocio?" Noto il cambiamento del suo linguaggio, ora diretto e postribolare.

"Non lo sono.", l'assicuro ma mi svincolo da lei come una verginella, ed è un gesto che suscita in Dorina una sonora risata.

"Perché ridi?"

"Sai cosa fanno gli uomini che porto qui? Non mi danno neanche il tempo di farli accomodare che subito si avventano su di me come avvoltoi che quasi mi vien voglia di respingerli, tanto sono focosi. E tu invece? Fai il difficile con tutte quelle domande. Se non ti piaccio, vai pure, ma ti avverto che dovrai pagarmi lo stesso".

Ora Dorina sembra padrona della situazione come una ruffiana che esige dal suo cliente il corrispettivo di una prestazione attesa e dovuta anche se non c'è stata. Ed è un atteggiamento esplicito e senza riserve che si coniuga con il suo essere lolita precocemente audace e maturo.

"Parli così ma sei poco più di una bambina."

"Tra otto mesi compio diciott'anni."

"Wow! Sei prossima alla pensione."

"Spiritoso. Allora che fai? Vuoi scopare o andare via?"

Non dico altro. Mi alzo ed estraggo dal portafoglio due biglietti da cento euro e li appoggio sul tavolo. Vado alla porta e un attimo dopo sono già in strada.

XVI

L'indizio

Ho percorso un centinaio di chilometri rifacendo per tre volte la superstrada Milano-Monza oscillando tra la voglia di ritornare da Dorina e l'impulso, una volta trovatomi sotto casa sua, di allontanarmi da lei e rientrare alla clinica. Pendolarismo istantaneo e ripetitivo intorno al quale il mio stato d'animo, a dir poco schizofrenico, ha ruotato all'impazzata come se si trovasse all'interno di un cerchio senza un punto d'inizio o di arrivo. Mi sono domandato se valeva la pena continuare nella ricerca della mia paternità o lasciar perdere tutto e tornare alla vita di sempre. Ad ogni curva della strada ho sperato di scorgere orizzonti più chiari e definiti ma dopo pochi chilometri ecco un'altra curva che ha offuscato quello che mi è sembrato, fino a un attimo prima, nitore e linearità di pensiero. Il caldo del pomeriggio ha reso più rovente questo strano itinerario, inverso e converso, al termine del quale sono rimasto esattamente al punto di partenza, cioè senza concludere niente.

Il destino non andrebbe mai forzato: se Marina in qualche modo ha voluto condurmi alla scoperta di una verità che per tanto tempo mi ha tenuto nascosta, perché mai dovrei scardinarla con azioni attive e volitive e non lasciare invece che le cose si compiano da sole?

Sono così tornato alla clinica, ho fatto qualche visita, un paio di radiografie e preparato i soliti referti con Selvaggia, ubbidiente e silenziosa, che mi ha passato alcuni documenti da firmare rammentandomi gli appuntamenti del giorno dopo. Insomma ho deciso di concludere il mio viaggio lampo con l'approdo definitivo a Milano tra le mura bianche e asettiche del mio ufficio cercando di ripartire da dove la lettera di Marina mi aveva interrotto.

Al computer ho controllato la posta, salvato qualche file e poi, spinto da non so quale impulso, sono andato sul mio social, ho cliccato sull'icona di ricerca e infine ho digitato il nome di Dorina. Subito mi è apparsa una lista di facce sorridenti o in posa davanti a sfondi improbabili, ma nessuna che somigliasse alla ragazza che appena qualche ora fa aveva cercato di sedurmi sia pure a pagamento. Ho allora cambiato il nome di Dorina con quello di Dori ma il risultato mi ha portato alla cantante degli anni '70 che si esibiva con il suo partner di colore sulle note di *'E non ci lasceremo mai'*. Quasi sfiduciato ho sostituito la "i" con la "y" ed ecco che una splendida mora è comparsa in cima alla lista con una foto che la ritrae mentre mangia un gelato. Ho riconosciuto subito Dorina e sono entrato nel suo profilo chiedendole l'amicizia. Ha accettato dopo pochi secondi e la cosa mi ha un po' sorpreso perché pensavo che in quel momento fosse impegnata ad adescare chissà quali altri clienti. Ho iniziato a messaggiare:

"Come stai?"

"Bene. Ti devo ringraziare."

"Di cosa?"

"Dei soldi. Ne avevo proprio bisogno."

"Perché lo fai?"

"Ancora con queste domande?"

"Sei così giovane!"

"Sono più vecchia di quanto sembri. E poi dimmi, per caso hai la vocazione di un prete che cerca di portare sulla retta via qualche pecorella smarrita?"

"In un certo senso sì, vorrei che tu fossi diversa."

"Invece sono così, che ti piaccia o no."

"Domani ci vediamo?"

"A patto che non mi fai le solite domande."

"Allora a domani."

Non mi ha risposto. Sono andato a curiosare sulla sua pagina cominciando dalle foto, tutte esplicite o allusive di quella cosa che per noi maschietti rappresenta tentazione, invito ad abboccare davanti ad un'esca appetitosa e allettante. In una foto Dorina è immersa in un grosso cesto di frutta esotica, tra ananas, papaia, mango e banane sparse su tutto il corpo nudo con il viso sorridente e malizioso. In un'altra è avvolta in un asciugamano mentre esce dalla doccia tenendo in mano qualcosa che dopo, con l'ingrandimento, ho capito che si trattava di una specie di bastone. In un'altra ancora Dorina è più esplicita mostrando il petto nudo e florido con una macchiolina sotto il capezzolo sinistro che quasi mi è venuto un colpo a vederla. Ho messo a fuoco quella parte e ho riconosciuto essere una voglia di caffè a forma di fogliolina orizzontale, identica a quella che porto sotto lo stesso capezzolo. Se volevo una prova del mio legame filiale con Dorina, ecco che l'ho avuta in un batter d'occhio prima ancora di qualsiasi supplemento d'indagine. Certo, di voglie come questa se ne vedono tante ma poche hanno la stessa forma e, soprattutto, lo stesso punto di origine. Mi sono chiesto cosa provassi di fronte a questa rivelazione e ancora una volta sono stato assalito dal turbamento, cupo e indicibile, che mi ha destabilizzato e reso più insicuro di me e di quelle che pensavo fossero le mie certezze. Fino a qualche mese fa avevo vissuto nella convinzione che tutto fosse possibile e raggiungibile, puntando sulla mia bellezza, sulla mia tendenza narcisistica di affrontare le cose anche a danno altrui. Ora questa stessa bellezza cominciava a starmi stretta, come un vestito bello quanto si vuole, ma troppo appariscente e pomposo, capace di abbagliare e nello stesso tempo di alimentarsi di luce propria senza tuttavia mettere in chiaro alcuna prospettiva di vita.

 Ho spento il computer e mi è sembrato che anche questi pensieri si stessero volatizzando assieme all'icona *arresto del sistema* che ho visto sparire dal monitor.

Mi sono tolto il camice, infilato il soprabito e finalmente ho abbandonato l'ufficio.

XVII

Amici come prima

"C'è il dottor Pieri, lo faccio entrare?" mi annuncia Selvaggia dal telefono della segreteria. Ho un sussulto e faccio cadere sul tavolo la lastra di una radiografia che avevo tra le mani. Cosa vuole Osvaldo da me? Dopo la vicenda delle minacce del Petracchi che avevo utilizzato a puntino per fargli perdere l'incarico di vice direttore della clinica, ci eravamo praticamente ignorati. Tra di noi solo collaborazione professionale come imponeva il codice di comportamento della clinica, ma l'amicizia che un tempo sembrava lambire il nostro rapporto era ormai andata come tante altre cose.

Confesso che dopo i primi approcci ad una concezione della vita non più basata sulla forza della bellezza e dell'apparenza, c'è stato un momento in cui sono stato tentato a chiedergli scusa porgendogli l'altra guancia come un buon cristiano. Ora dopo l'annuncio di Selvaggia della visita di Osvaldo nel mio ufficio, il destino sembra offrirmi questa occasione su un piatto d'argento, ma qualcosa di oscuro e di inspiegabile mi induce ad essere guardingo.

Dico alla mia segretaria di fare entrare il dott. Pieri e intanto infilo la lastra che mi era scappata dalle mani nella busta lunga e rettangolare destinata ad un mio paziente.

Dopo due colpi alla porta, ecco Osvaldo che mi saluta con un sorriso stranamente gioviale sedendosi di fronte a me.

"Ciao Edo, sono qui per sotterrare l'ascia di guerra e provare a ritornare amici".

Rimango sorpreso nel constatare che a porgere l'altra guancia sia proprio il mio amico di un tempo.

"Osvaldo, che sorpresa! Mi fa piacere sentirti parlare così". Sposto un fermacarte da un punto all'altro della scrivania e domando:

"Posso sapere il motivo di questo cambiamento? In fondo non mi sono comportato bene con te."

"Acqua passata. In questi mesi ti ho osservato molto."

"Davvero?"

"Sì e devo riconoscere che sei un ottimo radiologo. Non dimentico il grande aiuto che mi hai dato per quella radiografia al torace del Rossini in cui sei riuscito ad individuare quella sottilissima macchiolina alla valvola mitrale. Grazie alla tua diagnosi sono riuscito ad intervenire in tempo per evitare conseguenze ben più gravi."

"Ho fatto solo il mio dovere."

"Non essere modesto. E poi penso che, al di là di come siano andate le cose tra noi, la stima del Galimberti te la sei guadagnata sul campo e ", aggiunge dando un'occhiata alla mia stanza, "questo ufficio è proprio bello". Osvaldo si concede una pausa che dura solo pochi secondi.

"Devo confessarti una cosa."

"Cosa?"

"Non ero poi tanto interessato a diventare vice direttore. Con tutti i casini che ho nella mia vita, mi avrebbe impegnato troppo".

Osvaldo ha due matrimoni falliti alle spalle ed ora, secondo gli ultimi pettegolezzi della clinica, si sarebbe legato a una donna molto più giovane di lui.

"Quindi", prosegue il mio *samaritano*, "per dimostrarti che non ce l'ho più con te, voglio invitarti a cena fuori. Alle *Quattro Querce* fanno una polenta ai funghi che è una favola. Io verrò con la mia nuova compagna, tu puoi portarci Gisella. A proposito, state ancora insieme?"

Annuisco.

"Bene. Ci vediamo alle otto al parcheggio del ristorante".

Osvaldo si alza di scatto come se fosse stato punto al sedere, mi saluta stringendomi la mano e poi sparisce dalla stanza con una repentinità che mi fa dubitare per un istante di averlo visto davvero.

Non ho creduto a una sola parola del mio collega, ma ho accettato ugualmente il suo invito a cena per scoprire cosa si nascondesse dietro a questa improvvisa indulgenza. Conoscevo Osvaldo da troppo tempo e sapevo quanta acredine avesse nei miei confronti prima ancora dell'episodio di Galimberti. Invidioso come una donnetta, non aveva mai accettato che potessi avere successo sia con le donne che sul piano professionale. Ora, come d'incanto, si è presentato a me mogio come un agnellino, dichiarandosi disposto a passarci sopra come se niente fosse accaduto. Troppo facile e troppo mieloso per non intuire che dietro a questo improvviso ritorno all'amicizia e alla fratellanza ci fosse ben altro.

L'orologio segna un quarto a mezzogiorno, poco più di un'ora per andare a Monza e rivedere Dorina all'uscita dal liceo.
Sono uscito in fretta dall'ufficio e ho percorso il solito tratto di strada che mi ha condotto all'ingresso della scuola proprio allo scoccare della campanella. Ho atteso l'uscita degli studenti che in massa hanno

riempito il cortile dell'Istituto, ma di lei nessuna traccia. Allora mi sono ricordato di quando una volta Dorina avesse provato a nascondersi dietro i suoi compagni per poi sbucare tutto ad un tratto e dirigersi verso di me. Ho atteso che l'ultimo studente varcasse la soglia del cancello per rendermi conto che, stavolta, Dorina non era venuta.

Sono stato preso dall'ansia sperimentando da neofita quello che un genitore potrebbe provare in circostanze simili.

Sarà stata poco bene? Avrà marinato la scuola?

Ho provato ad inviarle un sms ma senza risposta, quindi ho fatto il numero del suo cellulare, ma una voce dall'altra parte mi ha invitato a lasciare un messaggio dopo il segnale acustico. Ho riagganciato e per un momento sono stato tentato di andare a casa sua. Invece ho girato la macchina e sono tornato a Milano.

XVIII

Alle Quattro Querce

"Cosa pensi di Osvaldo?", chiedo a Gisella mentre ci avviamo in macchina al ristorante delle *Quattro Querce*. Devo proprio essere disperato se ho deciso di affidarmi alle impressioni della mia compagna che di psicologia ne sa quanto un cieco della carta stampata.

"Simpatico."

"Non intendo dire questo. Come spieghi il suo cambiamento nei miei confronti?"

"Io al tuo posto non mi farei tante domande. È venuto da te, avete fatto pace, non sei contento?"

È più oca di quanto pensassi e mi chiedo come mai non abbia ancora deciso di scaricarla.

Rinuncio ad avere un dialogo significativo con Gisella che intanto si dà una controllata al trucco utilizzando lo specchietto del parasole. Sorrido tra me pensando che quello di guardarmi allo specchio era un gesto abituale che mi faceva sentire padrone del mondo, rimirandomi in cotanta bellezza e perfezione. Adesso mi servo di questo oggetto solo per necessità e principalmente la mattina quando sono in bagno mentre mi lavo i denti o mi sistemo i capelli prima di uscire. Quasi evito di guardarmi giacché in quell'immagine riflessa, un tempo soave e sublime, non ci vedo più quella forza emotiva che mi aveva contraddistinto fin dai tempi della mia esperienza nel collegio di Rosental.

Siamo arrivati alle *Quattro Querce*, un ristorante alle porte di Milano immerso nel verde e situato, per l'appunto, in mezzo a questi alberi secolari che lo fanno sembrare una graziosa baita di montagna. Parcheggio l'auto poco distante dall'ingresso dal quale vedo spuntare Osvaldo che ci viene incontro salutandoci con una mano alzata che mi fa pensare, chissà perché, a un gerarca dell'esercito fascista.

"Ma sei solo?" domando. Non finisco di terminare la frase che vedo sbucare da dietro le sue spalle una splendida ragazza mora dal volto familiare. Riconosco Dorina che mi sorride con la stessa aria maliziosa con cui soleva incrociare il mio sguardo all'uscita della scuola.

"Ciao Edo, ciao Gisella. Questa è Dori, la mia nuova fiamma".

Sono sbigottito e impallidisco ma mi sforzo di essere indifferente.

"Te la sei scelta giovanissima.", faccio io con sarcasmo alludendo all'età del mio collega che ha ormai superato abbondantemente i quarant'anni.

Osvaldo finge di ignorare la mia battuta e stringe a sè Dorina.

"Sai che ho buon gusto e a me piacciono così."

"Ma che bella signorina!", civetta Gisella, "È proprio carina, non trovi Edo?" Reprimo l'impulso di dare un pugno in testa alla mia compagna e annuisco di malavoglia.

Ci avviamo all'interno del locale, Osvaldo davanti seguito da Gisella e poco dietro Dorina che si attarda a cercare qualcosa nella borsa. Approfitto di questa pausa per stringerle un braccio sussurrandole nell'orecchio:

"Cos'è questa pagliacciata?"

"Lasciami che mi fai male!"

Abbandono la presa e raggiungo gli altri che intanto hanno preso posto ad un tavolo in fondo alla sala vicino al finestrone dal quale si vede un pezzo del fiume Olona.

Ordiniamo la specialità della casa, polenta ai funghi e nell'attesa Osvaldo propone un brindisi alla nostra ritrovata amicizia.

"Dori... Gisella... Edo...", facciamo tintinnare i bicchieri dopo che Osvaldo pronuncia i nostri nomi dispensando sorrisi e strane occhiatine che sento rivolte più a me che agli altri commensali.

"Bello questo posto, le luci soffuse, le candele. Tutto è così eccitante!" fa Gisella che appoggia una mano sulla mia gamba, gesto che non passa inosservato allo scaltro Osvaldo.

"Trattieni queste emozioni per dopo, Gisella. Vero Edo?"

Non rispondo e fisso Dorina che mi sorride e mi fa l'occhiolino come ad alludere ai suoi tentativi di approccio non più tardi di un giorno fa, cosa che mi fa innervosire ancora di più.

"Io vado in bagno.", annuncia Gisella, "E io a controllare a che punto è la nostra polenta.", le fa eco Osvaldo lasciando me e Dorina da soli.

"Ora mi spieghi questa commedia". Mi accorgo di aver alzato la voce attirando l'attenzione di alcuni ospiti della sala.

"Non è una commedia. Osvaldo è davvero il mio fidanzato."

"Ah sì? E come la metti con la tua, diciamo, *attività*?"

"Non vorrai mica dirlo, deve essere un segreto tra di noi." Sottolinea la parola 'segreto' stringendomi la mano come a voler invocare una complicità che non raccolgo.

"Dorina, non farmi perdere la pazienza! Appena torna Osvaldo spiffero tutto."

"Così farai la figura dell'idiota. Un medico che se la fa con una giovane prostituta. Nessuno ti crederà."

"Come fai a sapere che sono un medico? Non te l'ho mai detto."

"L'ho letto sul tuo profilo Facebook."

"Già! E ora dimmi, perché non eri a scuola stamani? Ti ho aspettata all'uscita, ti ho mandato un messaggio e ho provato anche a chiamarti ma avevi il cellulare spento."

"Fatti miei."

Stavo per replicare ma ecco Osvaldo e Gisella ritornare dalle loro rispettive "missioni".

"La polenta sarà pronta fra cinque minuti."

"La toilette è carinissima. Ci sono persino dei fiori sul piano del lavabo."

"Bene. Ora che siamo tutti contenti perché non facciamo un altro brindisi?" propongo io ma con un tono decisamente ironico che non sfugge ad Osvaldo.

"Edo, stai bene?"

"Mai stato meglio, amico mio. Stavolta lo dedichiamo alla bellissima Dori, la tua nuova fiamma". Verso il vino nei quattro bicchieri e mi alzo in piedi tenendo in alto il calice come un prete durante l'Eucarestia. Gli altri fanno altrettanto ma senza convinzione, soprattutto Dorina, finora tranquilla e disinvolta, sembra un po' a disagio.

"Alla bella Dori". Così dicendo rovescio di proposito il mio bicchiere di vino sulla camicia di Osvaldo. Questi si tira indietro istintivamente lanciando un urlo.

"Ma sei fuori?"

"Ora mi dici perché mi hai portato qui presentandomi questa ragazzina." Indico con lo sguardo Dorina che intanto è rimasta impalata e a bocca aperta. Gisella mi afferra per un braccio invitandomi a stare calmo, ma proseguo imperterrito:

"La visita nel mio studio, l'amicizia, la fratellanza ed ora la cena a lume di candela con una ragazzetta che potrebbe essere tua figlia. Non ti vergogni?"

"Te sei fuori," sbraita Osvaldo mentre cerca di pulirsi con un tovagliolo, "ringrazia che siamo in un locale pubblico altrimenti …"

"Altrimenti cosa? Vuoi darmi un altro pugno come quella volta da Galimberti?"

"Basta!" Stavolta a gridare è Gisella che mi tira per la giacca e mi trascina fuori davanti a un parterre attonito e ammutolito.

Raggiungiamo il parcheggio e ci infiliamo in macchina come due fuggiaschi nella notte.

XIX

La notte dell'Innominato

Quella dell'Innominato de *I Promessi Sposi* fu la notte più lunga e tormentata per antonomasia, ma la mia non è stata da meno. Come questo personaggio sono stato preso dai sensi di colpa, prima di tutto per aver perso il controllo con quella sceneggiata alle *Quattro Querce* che potevo risparmiarmi e che invece mi ha reso fragile e vulnerabile. Certo, avevo dalla mia la provocazione di Osvaldo di invitarmi a cena presentandomi la mia figlia segreta come sua fidanzata, ma ciò non giustificava la mia reazione scomposta, tanto più che non ero affatto sicuro che tutto fosse preordinato ai miei danni. Cosa poteva sapere Osvaldo della rivelazione di Marina sulla mia paternità contenuta in una lettera che la sua governante mi aveva consegnato di persona?
E cosa poteva sapere Dorina dei miei rapporti con Osvaldo e della volontà di quest'ultimo di volerli recuperare con un invito a cena che, almeno sulla carta, si presentava sotto i migliori auspici? La verità è che stavo perdendo il filo conduttore che per anni mi aveva guidato in tutto il mio percorso di vita e che mi aveva reso sicuro, inflessibile e, soprattutto,

equilibrato nelle scelte e nelle reazioni. Ricordavo i tempi di Rosental in cui non avevo ceduto, nemmeno per un attimo, alle provocazioni del mio compagno di stanza Rudolf, facendomi scudo della mia bellezza, forte e lucente come i capelli di Sansone, incantevole e luciferina come Dorian Gray nel suo celeberrimo ritratto, enigmatica e agognante come *l'Infinito* di Leopardi che mi aveva permesso di entrare nelle grazie del professor Schoengen segnando definitivamente il mio cammino futuro. E poi ricordavo il mio rapporto con le donne che in nome di questa stessa bellezza, usavo a mio compiacimento senza mai scalfirne l'essenza, senza mai guardare oltre la facciata perché immensa e accecante era la luce riflessa di cui mi forgiavo. E per finire la mia piccante perfidia dissimulata in azioni, apparentemente candide ed innocenti, ma tutte orientate allo scopo di farmi strada a qualunque costo, anche a danno altrui.

Tutti questi ricordi scorrevano nella mia mente come fotogrammi terribili che sentivo come ingiusti e delittuosi, alla stregua dell'Innominato che nella sua famosa notte aveva avuto un rigurgito di coscienza sotto forma di immagini a ritroso del suo passato di crudele assassino. Forse il paragone è esagerato, poiché rispetto al personaggio del Manzoni non avevo commesso alcun reato, ma basta per far intendere quale fosse il mio stato d'animo dilaniato da dubbi, incertezze, incapacità di trovare le soluzioni più giuste per farmi stare meglio.

Avrei potuto rivelare a Dorina la verità, confessarle di essere suo padre e di averlo saputo a mia volta solo di recente per farle intendere che non c'era stato, almeno per me, abbandono voluto e consapevole. Ma poi pensavo allo scandalo che avrebbe suscitato questa rivelazione negli ambienti della clinica, alla vendetta di Osvaldo che non avrebbe perso tempo a spiattellare la cosa a Contini, marito di Marina e patron della casa di cura più famosa di Milano. Avrei perso tutto: lavoro, carriera, prestigio, tutte cose in cui avevo fortemente creduto e delle quali mi vantavo al pari della mia smisurata bellezza.

Questo pensiero mi faceva dubitare del senso paterno, nuovo e inaspettato, che avrei dovuto provare verso una ragazzina dal passato forse oscuro e doloroso, a giudicare dalla sua scelta di prostituirsi gettando al vento ogni proposito di una vita normale e serena. M'interrogavo su questo sentimento e quasi provavo attrazione incestuosa per Dorina, al punto da pensare che quella alle *Quattro Querce* non era stata che una banale scenata di gelosia. Mi dicevo che non ero pronto a fare il padre e che forse non lo sarei mai stato, perché la vita che mi ero imposto non ammetteva deviazioni, fragilità e tenerezza di sorta.

Ancora una volta il rimorso e l'incapacità di agire con lucidità e rettitudine la facevano da padrone in questa notte senza luce in cui mi muovevo nel buio a tentoni provando ad indovinare l'approdo più sicuro.

Sono andato in bagno e mi sono guardato allo specchio, questa volta senza riserve ed esitazione e ho visto il mio volto orribile e deformato proprio come Dorian Gray, che dopo una vita dissoluta e degenerante, osservava il suo ritratto regredire a poco a poco spogliandosi di quella bellezza candida e innocente di un tempo. Ascrivevo questa deformazione al sentimento per Dorina, non più paterno e filiale, ma inaspettatamente libidinoso e carnale e come tale corrotto e corruttibile che mi teneva lontano da ogni proposito pedagogico per riportarla sulla retta via e vivere con lei un normale rapporto di padre e figlia.

Oscillazione di pensieri deliranti che si contrapponevano l'uno all'altro e che ora, con l'alba alle porte, parevano combaciarsi e fondersi in un solo intento sicuro e confortante: avrei continuato a frequentare Dorina, stavolta con pazienza e discrezione, tacendole di essere suo padre, ma come un padre le avrei insegnato la strada da seguire, dissuadendola da quella pericolosa e senza futuro che aveva imboccato. Avrei imparato il suo linguaggio cercando di cogliere nei suoi sguardi e silenzi, le sfumature delle sue inquietudini e contraddizioni. Soprattutto l'avrei convinta a lasciare Osvaldo, un uomo molto più grande di lei con un passato sentimentale tormentato e instabile e con un futuro che offriva le stesse prospettive.

E chissà che dopo quest'opera certosina di avvicinamento e di persuasione non mi sarei al fine rivelato a lei come suo padre naturale, perché il tempo, quando è centellinato nei momenti del vivere, è la migliore delle medicine. Insomma un piano di riparazione e, rispetto ai pensieri indecenti e incestuosi di poco prima, di restaurazione delle mie più candide intenzioni di dare una svolta definitiva alla mia vita.

Mi sono abbracciato da solo per questa soluzione che giudicavo la migliore possibile e sono ritornato a letto stanco e sfinito.

Stavo per addormentarmi quando ho dato un'occhiata al cellulare. Sul display c'era un messaggio di Dorina:

"Stasera ti sei comportato da stronzo!"

XX

La pulce

La cartella clinica era in fondo ad un mucchio di carte che Selvaggia mi ha chiesto di firmare come soleva fare ogni mattina prima che cominciasse il turno delle visite.

Ho letto il nome della paziente e poi tutti gli incartamenti, analisi, referti, radiografie e diagnosi parziali e finali. Un quadro preciso e dettagliato che comprendeva quasi vent'anni di storia clinica della paziente, a cominciare dal suo primo intervento chirurgico a diciott'anni fino all'ultimo rivelatosi, per gli esiti, inutile e letale.

Ho chiuso il plico e dal telefono dell'ufficio ho chiesto a Selvaggia di spiegarmi perché mai quella cartella fosse finita tra le carte da firmare.

"Mi scusi dott. Marini. È stata una mia sbadataggine, ora vengo subito a riprenderla".

Selvaggia è apparsa dopo pochi secondi come se stesse già dietro la porta pronta ad entrare al mio fischio.

"Sto riordinando l'archivio", si è giustificata, "e questa cartella mi sarà rimasta sotto i documenti da farle firmare".

Ci siamo guardati negli occhi, immobili e senza dire niente, come due vecchi compagni che non hanno bisogno delle parole per intendersi. Poi, come se dietro di noi ci fosse un regista intento a realizzare un film, siamo usciti da quel fermo immagine e ripreso a muoverci, ciascuno secondo le cose che doveva fare. Selvaggia ha preso il carteggio ed è uscita quasi scappando, io mi sono preparato per le visite indossando il camice bianco e dando un'ultima occhiata all'elenco dei pazienti della mattinata: non erano tanti, mi sarei sbrigato in un paio d'ore e così è stato.

Dopo l'ultima visita sono andato al computer, ho navigato su internet per cercare quello di cui avevo bisogno e, infine, sono entrato nel profilo di Dorina per guardare di nuovo le sue fotografie. Ne ho stampate un paio, le ho infilate nel taschino interno della giacca e sono uscito.

Alle tredici in punto ero già seduto sulle scale di casa di Dorina, pronto ad attendere il suo ritorno da scuola senza temere di essere sorpreso dalla madre o da chiunque altro suo parente.

Dopo la serata alle *Quattro Querce,* avevo verificato, grazie ad alcune conoscenze, che la casa era intestata ad Osvaldo di cui supponevo che Dorina la utilizzasse da quando era diventata la sua amante. Non mi aveva mentito, la relazione tra loro era vera e durava da almeno qualche mese e comunque prima che iniziassero i miei appostamenti davanti al liceo.

Ho atteso forse una mezz'oretta, poi le porte dell'ascensore si sono aperte ed ecco Dorina apparirmi con lo zaino a tracolla visibilmente sorpresa.

"Che ci fai qui?"

"Ti ho risparmiato i preliminari: le occhiatine, i sorrisetti, l'invito a salire a casa. Come vedi, non ti faccio perdere tempo e il tempo, soprattutto per il tuo *lavoro* è denaro".

Dorina finge di non capire l'antifona e ribatte subito:

"Se sei qui per fare una scenata come l'altra sera, guarda che io…"

"No," la interrompo, "sono tranquillo e sereno. Non mi fai entrare?"

Questa volta non risponde, apre la porta e mi indica con la mano la strada che già conosco. Noto immediatamente un cambiamento nell'arredamento della casa, decisamente più sobrio rispetto a quando vi ero stato una settimana fa. Non c'erano più i divani nel corridoio e la sala, prima tappezzata di quadri di donne nude, poltrone e seggiole sparse, che mi aveva fatto pensare ad una casa di appuntamenti, ora si presentava quasi vuota con appena un mobile basso tra le due finestre, una pianta all'angolo del divano e mensole con pile di libri e soprammobili sulle quattro pareti.

"Cos'è successo? Stai traslocando?"

"Perché?"

"La sala è un tantino diversa da quando sono venuto la prima volta."

"Mi piacciono i cambiamenti. Le stesse cose dopo un po' stancano."

"Beh, non ti spogli?", chiedo allentando la cravatta, "La volta scorsa non vedevi l'ora di farlo che ti sei messa persino a ridere per le mie resistenze. Mi hai dato anche del frocio, ricordi?"

"Senti Edo ..."

"Cosa?"

"Oggi sto poco bene, non se ne fa niente."

"Niente? Ma come? Lo sai che una prostituta non può permettersi di stare male? Ora sono qui come un cliente che vuole far l'amore con te e tu mi accontenterai".

Il tono minaccioso con cui ho proferito queste ultime parole ha spaventato Dorina che è indietreggiata fino a cascare sul divano.

"Calmati Edo. Siediti qui e parliamo, vuoi?"

"Ascolta Dorina, Dori o come cavolo ti chiami. Ora ti spogli da brava battona e dopo ti pago. Ti darò il doppio dell'altra volta, basta che ti fai vedere nuda, una toccatina e poi ognuno per la sua strada."

"Ma perché vuoi che mi spogli per forza se non ho voglia?"

"Ecco perché". Così dicendo tiro dalla tasca della giacca le due fotografie che avevo stampato dal suo profilo e le appoggio sul divano. Sono uguali e rivedendole mi viene in mente quel gioco enigmistico in cui tra due figure apparentemente identiche bisogna individuare le differenze. In una Dorina mostra il petto nudo con una voglia a forma di fogliolina sotto il capezzolo sinistro che a guardarla mi aveva fatto pensare alla mia macchia di caffè nello stesso punto. Nell'altra, l'immagine è la stessa ma della macchiolina nessuna traccia.

"Che significa? Perché mi fai vedere queste foto?"

"Sono perfettamente uguali ma con una differenza, riesci a vederla?"

Dorina prende le due fotografie e le confronta fingendo di concentrarsi sulle immagini.

"Non capisco, per me sono assolutamente identiche."

"Davvero? Guarda qui: macchiolina di caffè e qui, zac, sparita. Solo una è originale ma se ti spogli possiamo saperlo subito".

È impallidita di colpo, mi ha guardato e mi ha chiesto stupita:

"Come diavolo lo hai scoperto?"

"Semplice. Stamattina un uccellino mi ha suggerito di andare su internet, scaricare un programma per scoprire le foto ritoccate e … il gioco è fatto".
Dorina ha lanciato le foto in aria ed è scoppiata a piangere, coprendosi il volto con le mani come a voler dissimulare una vergogna troppo a lungo attesa.
"È tutta colpa di Osvaldo, io non volevo …"
"Cosa non volevi? Fingerti prostituta o mia figlia, o tutte e due le cose insieme?"
Non ha risposto e ha preso a stropicciarsi nervosamente le mani.
"Glielo dicevo che era troppo rischioso, ma lui era così sicuro che avresti abboccato..." Considerazione poco lusinghiera nei miei confronti ma, visti i risultati, abbastanza verosimile.
Ho proseguito con le domande:
"E tu ti sei prestata in questo sporco gioco?"
"Lo amo. Mi ha tirata fuori dai guai con la mia famiglia e…"
Alzo la mano e la interrompo subito:
"Francamente adesso le tue vicende personali non m'interessano. Come facevi a sapere che stavo cercando mia figlia?"
"Questo devi chiederlo a Osvaldo. Mi ha solo detto che era solo uno scherzo, che sarebbe durato poco,

che avrei dovuto fare gli occhi dolci con te, fingere di essere una poco di buono…"

"Già, una prostituta. Ma perché?"

"Faceva parte, diciamo, del piano. Voleva farti ammattire. Tu sei la sua ossessione, dice che ti sei comportato da stronzo con lui, voleva fartela pagare ma poi ti avrebbe detto tutto."

"Molto generoso. Vedo che avete inscenato ogni cosa: questa casa messa a puntino come se fosse un bordello, la voglia di caffè sotto il tuo capezzolo…"

"Tutte idee di Osvaldo. Diceva che per sembrare credibile la cosa bisognava curare ogni particolare. L'arredamento in un certo modo, i quadri di donne nude e procaci, tutto doveva sembrare davvero una casa di appuntamenti. Quanto alla voglia di caffè, Osvaldo l'aveva notata quando eravate al mare in vacanza. Ha voluto riprodurla su una mia foto ritoccata per indurti a pensare che fossi tua figlia. Sapeva che avresti visto questa fotografia una volta entrato nel mio profilo."

"E quando pensavate di tirare avanti con questa commedia?"

"Non per molto. Io mi ero già stufata. Dopo la tua scenata alle *Quattro Querce* avevo detto ad Osvaldo di darci un taglio, che prima o poi avresti scoperto tutto. E così è stato".

Silenzio.

Non c'era altro da aggiungere e a quel punto non credo che Dorina potesse fornirmi altre spiegazioni. Ho provato pena per lei che si era prestata ad un gioco cinico e beffardo in nome di un amore che sapevo effimero e senza futuro. Prima o poi Osvaldo si sarebbe stancato di lei e l'avrebbe lasciata come era già successo con tante altre che l'avevano preceduta. Così sono uscito dalla stanza, ma questa volta senza lasciare alcuna ricompensa.

XXI

Siamo seri!

Uno scherzo di cattivo gusto, ma ci avevo creduto davvero, al punto che c'è stato un momento in cui ho dubitato che si trattasse di una messinscena, che quello che avevo vissuto nell'ultima settimana era autentico e reale, che Dorina fosse davvero mia figlia e che si prostituisse per qualche oscuro motivo legato alla sua adozione. Questa volta era stata l'immaginazione ad essere più reale della realtà facendomi provare sentimenti nuovi e sconosciuti, e come tali autentici pur nella loro inautenticità. In altri termini, anche se solo per pochissimo tempo, mi sono sentito davvero il padre di Dorina e ho provato nella loro accezione più completa, i sentimenti tipici di una relazione filiale: dolore, rammarico, gelosia, senso di protezione, di abbandono, di amore incondizionato e, alfine, di riscatto e di risoluzione da un certo standard di vita.

In questo il piano diabolico di Osvaldo era perfettamente riuscito: mi aveva fatto credere di avere una figlia segreta procurandomi da quel momento un vero e proprio trambusto interiore in virtù del quale quello che credevo giusto e lineare aveva preso a vacillare, anche se le prime avvisaglie le avevo già avute dopo la vicenda di Galimberti. Il caso ha voluto che la messinscena messa in atto da Osvaldo, con la complicità di Dorina, iniziasse proprio in una fase della mia vita in cui ero particolarmente vulnerabile e avevo cominciato a mettere in discussione qualsiasi cosa, sicché la finzione che ne era scaturita aveva trovato terreno fertile.

Tutto però è durato un attimo, esattamente fino a quella mattina in cui sulla mia scrivania ho trovato la cartella clinica di Marina dalla quale ho potuto constatare che all'età di diciott'anni la mia ex amante aveva subito l'asportazione dell'utero privandola per sempre della possibilità di diventare madre. La nostra relazione era iniziata molto tempo dopo e perciò, prima ancora di scoprire il mistero della voglia di caffè sul capezzolo di Dorina, ero già sicuro che non potevo avere nessuna figlia.

La lettera di Marina era dunque un falso e faceva parte del piano architettato da Osvaldo come lui stesso mi avrebbe confessato più tardi:

"Con Marina ho avuto una breve storia qualche anno dopo che si era sposata con Contini. Mi parlava di te, del vostro flirt ai tempi dell'università e la cosa mi aveva un po' infastidito per i continui riferimenti alla tue prestazioni. Diceva 'Sai? Con Edo l'ho fatto in ascensore' e poi qui e poi là che quasi pretendeva facessi la stessa cosa. Marina era vogliosa e viziata e, sotto questo aspetto, piuttosto impegnativa. L'ho mollata poco prima che si ammalasse, ma queste informazioni sulla vostra storia d'amore mi sono servite per quello che è successo dopo."

"Così hai pensato di scrivere la famosa lettera?"

"L'idea della lettera m'è venuta dopo e sai come? Guardando il film *Le parole che non ti ho detto*, quello del messaggio in bottiglia alla donna amata. Ho cambiato la storia, ma lo scopo doveva rimanere tale: procurarti turbamento, rimpianto, ansia e pentimento, tutte cose che dall'alto della tua perfezione non avevi mai provato. Dopo che mi hai fatto perdere l'incarico di vice direttore mi sono detto: 'Vediamo se questo professorino è così infallibile'. Così ho scritto la lettera e te l'ho fatta recapitare da una mia amica che si è fatta passare per Bianca, la governante di Marina. Ho puntato sul calcolo delle probabilità e ho pensato che vent'anni erano troppi per poterti ricordare di lei."

"Uno scherzo ben congegnato. E cosa pensi di avere ottenuto? Io ho fatto carriera mentre tu sei rimasto un semplice cardiologo."

"Invece ho ottenuto più di quanto pensi: il tuo sgomento nello scoprire di avere una figlia che per giunta faceva la prostituta, la tua scenata al ristorante dopo che avevi scoperto che questa stessa figlia era la mia amante, la tua disperazione nel tenere segreta la cosa per non far scoppiare uno scandalo in clinica. Dorina mi teneva informato di ogni cosa: dei tuoi appostamenti davanti alla scuola, dei tuoi propositi di rieducarla, della tua gelosia. Caro Edo, ti ho reso un uomo imperfetto, ti pare poco?"

"C'è ancora una cosa che devo chiederti, anzi che devo fare".

Eravamo nel suo studio, l'uno di fronte all'altro come quando si era presentato da me in segno di amicizia, ma questa volta a parti invertite. È successo tutto in un attimo: gli ho sferrato un pugno che lo ha fatto sbalzare dalla poltrona. L'ho visto a terra che si strofinava la faccia e poi la bocca sanguinante.

"La volta scorsa me lo sono meritato, ora te l'ho restituito con tutti gli interessi".

Sono ritornato nel mio ufficio e ho ripreso a lavorare come se nulla fosse successo, anche se dentro di me sapevo che tutto era cambiato e che niente sarebbe stato come prima.

Selvaggia mi ha passato le solite carte da firmare. L'ho guardata con devozione e riconoscenza per avermi messo in preallarme facendomi trovare come per caso la cartella clinica di Marina. Era innamorata di me da tempo, ma sapeva che il nostro rapporto non sarebbe mai andato al di là della semplice collaborazione professionale. Tuttavia non aveva esitato a mettermi in guardia evitandomi pericolosi strascichi che già si vociferavano nei corridoi della clinica. Così dopo aver apposto l'ultima firma ho voluto complimentarmi con lei per il suo ottimo lavoro ma soprattutto per essere una collaboratrice preziosa e fedele.

"Sono io che devo ringraziarla dottore. È un vero piacere lavorare con lei".

Selvaggia ha preso le pratiche dalla scrivania ed è andata alla porta, ma prima si è voltata verso di me come per ricordarsi di qualcosa.

"Dottor Marini..."

"Sì?"

"Lei è sempre bello come il sole."

Le ho sorriso ma questa volta senza alcun compiacimento o di constatazione di qualcosa che fino a poco tempo fa era la spinta motrice di tutte le mie azioni.

Sono andato alla finestra e mi è sembrato di vedere oltre i grattacieli di Milano il cielo infinito dei miei giorni a Rosental, quando dalla mia stanza osservavo paziente il Reno che scorreva lento e silenzioso. Ho chiuso gli occhi ripensando a quei tempi ed è stato come un viaggio a ritroso in cui, da spettatore, ho rivisto le immagini del mio futuro imperfetto.

VITTORIANO BORRELLI

IL FUTURO IMPERFETTO

di

Vittoriano Borrelli

Dello stesso autore:
- *La prossima vita* (2012)
- *Le parole del mio tempo* (2012)
- *L'aquila non ritorna* (2014)
- *Spunti dal mio lavoro* (2015)
- *Letture ai tempi del coronavirus* (2020)

Ristampa (2022)

Ringraziamenti

Ringrazio tutti coloro che leggeranno questo libro e lo porteranno nel cuore. Vorrà dire che avrò lasciato qualcosa.

L'AUTORE SUL WEB

Una copia del documento è stata firmata digitalmente ai sensi dell'art. 23 D.lgs. 07/03/2005, n. 82 e s.m.i.

www.ingramcontent.com/pod-product-compliance
Lightning Source LLC
Chambersburg PA
CBHW060934140726
47996CB00001B/495